Jean Raspail

Le Roi au-delà de la mer

ROMAN

Albin Michel

IL A ÉTÉ TIRÉ DE CET OUVRAGE

Trente exemplaires sur vergé blanc chiffon, filigrané,
des Papeteries Royales Van Gelder Zonen, de Hollande,
dont vingt numérotés de 1 à 20,
et dix, hors commerce, numérotés de I à X.

22, rue Huyghens, 75014 Paris

www.albin-michel.fr

ISBN BROCHÉ 2-226-11431-9
ISBN LUXE 2-226-11455-6

Sire ce n'est pas tout que d'être roi de France,
Il faut que la vertu honore votre enfance.

RONSARD
Institution pour l'adolescence du Roi
très-chrétien Charles IXe de ce nom.

VOUS êtes, Monseigneur, en ces premiers jours de l'an 2000, l'héritier de quarante rois de France. Nul doute que vous n'en connaissiez l'exemplaire succession. J'aime à vous imaginer, solitaire et roi sans royaume, les évoquant à l'occasion dans le secret de vos pensées, puisque le même sang coule dans vos veines. A l'intention du lecteur qui n'a point autant de raisons que vous de conserver tout armés dans sa mémoire dix siècles et plus d'Histoire de France, permettez-moi de les citer d'entrée. Leurs noms forment une litanie, un chant quasi religieux, un hymne où s'enchevêtrent ces sonorités lointaines qui ont concouru au crescendo de notre destin national.

Il y eut Eudes, en l'an 888, et Robert Ier, et Raoul, et Hugues Capet, et Robert II le Pieux, votre aïeul à la trente-troisième génération, qui franchit le passage de l'an mille, tout comme à votre tour vous voilà parvenu au seuil du troisième millénaire. Les suivent

Henri Ier, Philippe Ier, Louis VI le Gros, qui rasa le château des sires de Montlhéry aux bornes du domaine royal, Louis VII le Jeune, Philippe II Auguste, le rassembleur de Bouvines, Louis VIII le Lion, Louis IX, notre Saint Louis, Philippe III le Hardi, Philippe IV le Bel, Louis X le Hutin, Jean Ier, qui ne vécut que cinq jours mais fut le roi tout autant que les autres, car jamais ne se rompt la lignée capétienne. Ensuite Philippe V le Long et Charles IV le Bel, Philippe VI de Valois, Jean II le Bon, Charles V le Sage, Charles VI, Charles VII, dauphin qui doutait de soi et que Jeanne d'Arc conduisit à Reims. Et Louis XI, Charles VIII, Louis XII, François Ier, Henri II, François II, Charles IX, Henri III, puis Henri IV le Béarnais, par un fantastique enjambement successoral de trois siècles qui illustre le caractère intangible et sacré de la légitimité royale : Henri IV descendait de Robert de Clermont, sixième fils de Saint Louis. Enfin les Bourbons, avec Louis XIII, Louis XIV, Louis XV, Louis XVI, qui pardonna, Louis XVII, l'enfant du Temple, dont le nom était brodé au fil d'or sur le drapeau blanc fleurdelysé de Monsieur Henri, comte de La Rochejaquelein, Louis XVIII, Charles X, et Louis XIX qui ne fut roi de France qu'une minute, le temps de signer à son tour, à Rambouillet, après une courte et imperceptible hésitation qui lui tint lieu d'ultime fierté, le même acte d'abdication que son père le roi Charles X venait lui-même de signer.

Et Louis-Philippe d'Orléans, Bourbon lui aussi,

Capétien, roi des Français en 1830 ? Doit-on l'ajouter en épilogue (un épilogue qui dura tout de même dix-huit ans) ? Le lecteur comprendra, après quelques pages, pourquoi ni vous-même, Monseigneur, ni moi, pour vous servir, ne désirons aucunement nous faire piéger dans ce débat dynastique après cent soixante-dix ans (ou cent cinquante-deux ans, au choix) d'une vacance du pouvoir royal qui risque encore de durer fort longtemps...

Certains généalogistes aventureux nous assurent que subsistent en votre nature quelques gènes hérités des deux premières dynasties qui régnèrent sur notre pays. Ainsi votre ascendance s'enrichirait-elle de cinq cents ans surnuméraires, car il s'est écoulé plus de cinq siècles, en effet, entre le premier roi des Francs, Pharamond, et Hugues Capet. Vous pourriez de la sorte compter, comme appartenant à votre parenté, outre Clovis et Charlemagne, Charles Martel et Louis le Pieux, les Childéric et Childebert, les Clotaire, Caribert et Chilpéric, Thierry et autres Dagobert, et aussi quelques-unes de ces reines terribles qui avaient pour nom Ultrogothe, Bertrude, Batilde ou Bilehilde. Je ne vous demanderai pas, Monseigneur, si vous souhaitez également les *assumer*, comme on dit dans le jargon, mais il n'empêche que nombre d'entre eux furent inhumés à l'abbaye de Saint-Denis, sépulture royale depuis le roi Dagobert, où votre famille est compressée au fond d'un boyau obscur et sombre en une sorte de magma sacré : trois dynasties et les restes de cent soixante-dix princes, dont la plupart de nos rois, vos aïeux.

Vous savez cela mieux que moi, Monseigneur, mais comme j'espère que vous ne serez pas mon seul lecteur, autant consacrer quelques minutes, pour l'édification des autres, à votre ossuaire familial, une façon de faire connaissance avec ce que vous représentez d'unique dans l'histoire de notre pays, vous, vivant, héritier de chair et d'âme de tous ces morts. Il s'agit d'une page emblématique de notre Révolution française : le sac des tombeaux de Saint-Denis, par ordre de la Convention, du 12 au 25 octobre 1793, treize jours de honte.

Au milieu d'une foule surexcitée qui encourageait de la voix et du geste les terrassiers, on commença à creuser aux abords immédiats de la basilique deux fosses carrées. La première était destinée à recevoir les ossements des Bourbons, la seconde ceux des Valois et des Capétiens directs, ainsi que les restes des rois des deux premières races, si l'on en retrouvait quelque chose. Puis l'on enfonça au bélier les portes de la crypte où s'alignaient les tombes royales sur plusieurs niveaux de profondeur. Le premier « tyran » forcé dans son repos éternel fut le bon roi Henri IV. Lorsqu'on eut fait sauter le couvercle de son cercueil, son corps apparut presque intact. Dans l'air raréfié de la crypte, il répandait une forte exhalaison d'aromates. Ce roi-là sentait bon. Ce ne fut pas le cas des autres. Son visage était admirablement conservé, la barbe presque blanche, les traits à peine altérés. Le cadavre fut ainsi dressé, comme un mannequin, et adossé à un pilier. La foule qui l'entourait, impressionnée, suspendit un instant sa haine. Allait-elle tomber à genoux, en témoignage d'ancien respect ? Mais la loi qui régit les masses humaines ne souffre pas d'exception : c'est toujours le plus vil qui l'emporte. Se poussant au premier rang, un courageux sectionnaire tira son sabre et coupa ras une mèche de barbe dont il se fit une moustache postiche sous les rires et les applaudissements. Puis ce fut le tour d'une mégère qui gifla le roi à toute volée, si fort que son corps tomba à terre. Après des heures d'outrages et d'insultes, réduit à l'état qu'on peut imaginer, il fut balancé sans ménagements, le premier, dans la fosse des Bourbons.

Louis XIII fut expédié dans la fosse sans même l'aumône d'une injure. Il puait trop. Avec Louis XIV, on avait un compte à régler. Son corps fut éventré au couteau, d'où s'échappa quantité d'étoupes qui remplaçaient les entrailles, après quoi l'éventreur, avec son couteau, ouvrit en force la bouche du roi dont les mâchoires étaient bloquées depuis soixante-dix-huit années. Prélevant un chicot noir et pourri, il le montra au peuple, comme un trophée. Cette fois indifférente à l'odeur effroyable que répandait la bouche royale, la foule rugit de bonheur. Quant à la reine Marie-Thérèse, l'épouse du roi Louis XIV et fille de Philippe IV d'Espagne, elle fut basculée dans la fosse où elle s'abîma, la tête tordue et renversée, les jambes écartées levées vers le ciel, elle qui avait été si vertueuse, et cela fit bien rigoler. Marie de Médicis ne fut pas mieux traitée. On s'en débarrassa très vite, car elle coulait comme un vieux fromage. Les patriotes se disputèrent quelques cheveux qui surnageaient dans cette putréfaction. Anne d'Autriche, la fière Anne, la reine de cape et d'épée, fut balancée en hâte dans la fosse. Ses membres ne tenaient plus à son corps et la foule se bouchait le nez, agglutinée autour de ces caveaux béants méphitiques. On entassa, dans la fosse des Bourbons, des dauphins, des grands dauphins, des petits dauphins, des Mademoiselles, des Grandes Mademoiselles, quelques Orléans, des ducs de Bourgogne, d'Anjou, d'Aquitaine, de Bretagne, de Montpensier, des princes mort-nés qu'applaudissaient les mégères parce que au moins « ceux-là n'avaient pas vécu », une Stuart égarée, des duchesses de Parme, d'Artois, de Berry, et la Palatine, et Turenne, et le Grand Condé, et tant de filles de France qui s'appelaient Marie, Marie-Zéphirine, Marie-Adélaïde, Louise-Marie, Marie-Élisabeth, Marie-Anne, lesquelles coulaient comme des fontaines de mort au fond de leur cercueil de plomb. La basilique n'était plus respirable. La foule reniflait avec passion.

C'est alors qu'on découvrit Louis XV.

Dieu sait qu'on l'attendait, celui-là, pour lui montrer combien on l'avait haï, à sa mort, le Bien-Aimé ! Que n'avait-on dit, qu'il était mort de la vérole, déjà pourri vivant, et qu'on ne l'avait point embaumé parce que les embaumeurs étaient morts après l'avoir à peine touché... Il déçut. Son cercueil ne répandit aucune exhalaison mauvaise. On le trouva très bien conservé et la peau blanche aussi fraîche que s'il venait d'être inhumé. On aurait dit qu'il prenait un bain, car il flottait dans une eau abondante formée par une dissolution de sel marin. Mais, l'eau vidée, ce fut l'horreur. Le corps du Bien-Aimé parut aussitôt se digérer lui-même jusqu'à n'être plus qu'une empreinte de chair au fond du cercueil d'où s'échappait un nuage d'une effroyable puanteur. On enflamma force poudre, on tira même des feux de salve dans l'espoir de purifier l'air, comme lors des épidémies de peste. Ainsi fut salué le roi Louis XV. C'était le 16 octobre 1793, à l'heure où la reine Marie-Antoinette était menée à l'échafaud dans la charrette ordinaire du bourreau, tournant le dos au cheval, les mains liées derrière le dos et les cheveux roides sur la nuque...

Dois-je continuer, Monseigneur ? C'est une déplaisante façon, je le reconnais, d'évoquer de la sorte votre famille en ces jours de 93 où la France et les Français cessèrent d'aimer d'amour leurs rois. Peut-être cette haine populaire représentait-elle une sorte de salut dévoyé à la Majesté fracassée. On vous haïssait très fort parce que vous aviez été tout, si longtemps. On vous faisait payer, par votre supplice, le bien que le pays vous devait et la grandeur où vous l'aviez hissé. Quand la tête de Louis XVI tomba dans le panier de son, le 21 janvier 1793 à dix heures et vingt-deux minutes, il se fit un grand silence qui s'étendit jusqu'aux Tuileries à travers la foule innombrable.

C'est la haine qui, un instant, suspendait son cours, un dernier acte de communion parfaite entre la France et ses rois. Cette communion-là est anéantie à jamais, Monseigneur. L'indifférence et l'ignorance l'ont aujourd'hui remplacée, avec, au mieux, chez ceux d'entre les Français qui connaissent votre existence – j'allais écrire : votre survivance –, un peu de cette sympathie du cœur et de ces élans d'émotion que l'on réserve aux causes perdues. Allez-vous vous en satisfaire durant toute votre vie ?

Mais revenons au sac des tombeaux de Saint-Denis. Qui sait si ce n'est pas là, justement, que vous pourriez puiser la force et la volonté de ne pas vous résigner à n'être qu'un souvenir...

La fosse des Bourbons étant comblée, on passa aux Valois. Dans les mêmes conditions d'horreur, en deux jours le niveau monta si bien qu'un ouvrier fit remarquer qu'*il n'y aurait pas de place pour tout le monde*. Puis la tâche devint difficile. Il fallut plusieurs sondages obstinés et des rampements de taupe pour repérer l'entrée du caveau de François Ier. Le créateur du Collège de France reposait là avec sa famille, sa mère la reine Louise, Claude de France, sa femme, et trois de leurs enfants. Ils se transformèrent, au contact de l'air, en un liquide boueux et nauséabond, qu'on vida, au seau, comme des excréments, dans la fosse aux Valois. Ce fut le dernier souverain qui pua et beaucoup le regrettèrent, car cette puanteur attisait la haine. Mais au-delà du XVIe siècle, les cercueils de plomb disparurent, faisant place à des sarcophages de pierre. Les chairs étaient réduites en poussière. Certaines avaient été bouillies afin de les séparer de leur squelette et enfermées dans des sacs de peau. L'élément solide ne comportait que les ossements et les crânes dont l'accumulation épaississait notablement la soupe de teinte indéfinissable, mêlée de chaux vive, qui atteignait presque le rebord de la fosse et qui était une sorte de concentré, de quintessence de nos rois. Les représentants du peuple crachaient dedans, car la récolte d'objets précieux n'avait pas été à la hauteur de leurs espérances. Nos princes s'étaient le plus souvent couchés dans leur tombeau en chemise, sans bijoux ni attributs royaux, en signe d'humilité chrétienne. Il y avait aussi, auprès d'eux, faisant monter le niveau de la fosse, toute une foule de dignitaires, abbés, ministres, connétables, chambellans, le sénéchal de Beaucaire, le chevalier de Barbazan, le grand Suger, abbé de Saint-Denis, et Bertrand Duguesclin, et Léon de Lusignan, dernier roi franc d'Arménie et premier d'une longue série non close de réfugiés chrétiens en France...

Le roi Saint Louis, inhumé aussi à Saint-Denis, ne fut jamais retrouvé. Doublement odieux, comme roi et comme saint, on imagine l'acharnement avec lequel on le chercha, on le traqua de caveau en caveau. Peine perdue. Sa grande ombre s'étend, tutélaire, sur la vieille basilique assiégée. Et l'on continua à creuser. Il y eut quelque chose d'épouvantablement sacré – l'insondable sacré populaire, celui qui s'oppose au divin, celui qui fait douter de Dieu – dans l'acharnement des violeurs de tombes à s'enfoncer comme des termites en plein fondement des siècles premiers, comme si c'était un nouveau droit de vie et de mort sur le passé découlant naturellement de la Déclaration des droits de l'homme et du citoyen. Épuisés, toussant, crachant, asphyxiés, les nécrophages entreprirent de se frayer un chemin à travers les plus anciens sédiments funéraires de l'antique basilique. Ce ne fut pas sans peine. Le 21 octobre 1793, au-delà du sarcophage de Philippe Auguste, mort en 1223, ils piétinaient en territoire inconnu, sans plan, sans repères, cloués dans leurs boyaux souterrains qu'il fallait étayer et aérer. Avec le poids des siècles, peut-être celui de la honte commençait-il à leur peser. On doit leur reconnaître un singulier courage. Furent ramenés au grand jour et balancés dans la fosse le roi Louis VII le Jeune et Louis VI le Gros, son père, qui ne livra de lui-même qu'une poignée de poussière lumineuse, Henri Ier et son épouse la reine Anne, fille du roi viking de Kiev, et d'autres, et d'autres, jusqu'à Robert II le Pieux, le second des Capétiens, né en l'an 970, à partir duquel les violeurs de tombeaux changèrent de millénaire, et changeant aussi de dynastie, à deux reprises, se coulèrent sous le dallage du chœur par d'étroites galeries inclinées, dans un labyrinthe sépulcral.

Sur plusieurs niveaux de profondeur s'entremêlaient en un étroit espace une foule de Carolingiens et de Mérovingiens. Les inscriptions gravées étaient effacées. On trouva des ossements en tas regroupés dans des auges de pierre mais que l'anonymat ne sauva pas du plongeon dans la fosse aux Valois. En revanche, ce qui restait de Charles le Chauve fut identifié et découvert à l'intérieur d'un petit coffre de bois marqué à son chiffre, inexplicablement intact et enfermé dans un sarcophage. Charles II le Chauve, roi de France, signataire du fameux traité de Verdun, en 843, peut-être le véritable fondateur de votre royaume après le partage de l'empire de Charlemagne... Le coffre flotta quelques instants à la surface de la fosse, au milieu de grosses bulles immondes, puis bascula comme un navire qui sombre et disparut au sein de ce magma royal.

Mais le triomphe final, l'apothéose de l'abjection, ce fut la découverte de Dagobert Ier. Enfin ! On avait détruit l'abbaye, dévasté la basilique, anéanti la nécropole, les tombeaux, et voilà qu'on allait pouvoir, avec autant de jubilation, faire disparaître à jamais le despote qui était à l'origine de tout cela, le fondateur de l'abbaye, celui qui l'avait élevée au rang d'unique sépulture royale : Dagobert, le Salomon des Francs ! Lorsqu'ils tombèrent sur son sarcophage, après un épuisant labeur souterrain, les fils du peuple eurent l'excellente surprise de constater qu'il n'y était pas seul. La reine Nantilde, son épouse, qu'il avait si romantiquement enlevée dans un couvent, reposait auprès de lui, dans un coffret à deux compartiments, sous la forme d'un petit tas d'ossements enveloppés d'un tissu de soie. Deux inscriptions au poinçon étaient encore lisibles sur le coffre : *Hic jacet corpus Dagoberti* et *Hic jacet corpus Nantildis.* Le triomphe se tempéra d'une amère frustration, car le plus fastueux des Mérovingiens s'était fait enterrer comme un gueux. On étala les ossements sur une dalle. Pas la moindre petite pierre précieuse, pas le plus mince anneau d'or. A la pelle et au balai furent réunis Dagobert et Nantilde, et balancés, à la volée, dans la fosse.

La fosse aux Bourbons avait été fermée le 16 octobre 1793. Celle des Valois et autres souverains le fut le 25 de ce même mois. Ainsi fut consommée la seconde mort de nos rois, la seconde mort, Monseigneur, de tous ces souverains dont vous procédez. On combla les deux fosses. On les recouvrit de terre. On les piétina méticuleusement. On fit passer des rouleaux traînés par des chevaux. On plaça des sentinelles pour prévenir d'improbables manifestations de la ferveur populaire. C'était une précaution inutile. Le peuple avait perdu la mémoire. Il ne l'a pas récupérée depuis. Par la conjonction d'attentats répétés et concertés contre l'unité de l'Histoire de France, après plus d'un siècle de laïcité militante républicaine et de démantèlement acharné du sacré, elle a sombré dans un néant d'où seul un miracle pourrait aujourd'hui la tirer. Croyez-vous aux miracles, Monseigneur ?

Dans les premiers jours de l'année 1817, Louis XVI ayant été exhumé dès 1815 de l'ancien cimetière de la rue d'Anjou et ayant, comme l'écrit Chateaubriand, « *retrouvé sa couche à Saint-Denis* », le roi Louis XVIII donna l'ordre à M. de Dreux-Brézé, grand maître des cérémonies, d'entreprendre des fouilles dans le terrain vague recouvert d'herbe au pied de la basilique où l'on situait les deux fosses. Le 18 janvier, à minuit, les terrassiers qui travaillaient jour et nuit depuis six jours dégagèrent enfin deux masses d'ossements compacts et desséchés, deux blocs d'un concentré royal évalués à un mètre cube soixante-dix chacun. S'étant assuré qu'il avait bien retrouvé ce qu'il cherchait, M. de Dreux-Brézé dépêcha des courriers aux Tuileries pour en ramener les commissaires et membres de la Maison du Roi qui devaient assister à l'extraction, et les pages et gardes suisses requis en grand uniforme pour la manipulation des ossements. Il faisait froid. Une pluie glaciale tombait sans interruption. La nuit était extrêmement noire. Des ponts de fortune furent jetés en travers des excavations et des chemins de planches pour en sortir, éclairés par des lampions qu'un furieux vent d'hiver faisait se balancer comme des encensoirs lumineux. C'était lugubre. A la corde qui actionnait le gros bourdon de la basilique, les sacristains se relayaient deux par deux et le glas ne cessa point tant que dura ce manège tragique. Il fut impossible de récupérer un seul squelette au complet, et rien qu'on pût reconnaître. Pages et gardes suisses, gantés de blanc, un crêpe noir noué au bras, recueillaient les ossements que leur passaient les terrassiers, ainsi que des débris informes, dans des suaires, et s'en allaient les déposer, ou les verser, dans deux coffres autour desquels une troupe en armes montait une garde d'honneur. Les tambours voilés battaient. La monarchie française, restaurée depuis deux ans, célébrait ses propres funérailles.

Il y avait eu deux fosses. Il y eut donc deux coffres qui furent transportés à bras dans le chœur de la basilique où l'on se hâta de procéder à leur ultime translation : les Bourbons dans un immense cercueil qui semblait fait pour un roi géant, un roi monstre ; les autres, Valois, premiers Capétiens, Carolingiens et Mérovingiens mélangés, dans quatre cercueils de dimension normale. Plusieurs prêtres s'évanouirent. Dans ses Mémoires, M. de Dreux-Brézé rapporte qu'il fit jeter au feu les vêtements qu'il portait cette nuit-là et dont il avait changé plusieurs fois. Enfin, alors que le jour se levait, les couvercles des cinq cercueils furent vissés et l'on y apposa une plaque où étaient seulement inscrits ces mots : *Arrachés à leurs sépultures, rendus à leurs tombeaux*. Une messe solennelle fut célébrée, après quoi l'on descendit les cercueils au fond de leurs caveaux respectifs, de part et d'autre d'un petit couloir souterrain où ils furent scellés et murés à quelques pas de la crypte royale où reposaient le roi Louis XVI et la reine Marie-Antoinette. Plus tard on grava en lettres d'or sur les deux parois verticales de marbre noir les noms des cent soixante-dix princes que l'on savait, de source établie, avoir été inhumés à Saint-Denis...

Vous n'ignorez pas, Monseigneur, pour être allé vous y recueillir, qu'une partie de la basilique est aujourd'hui un admirable musée. Près de cent gisants de pierre peuplent le chœur et les travées autour des grands cénotaphes de la Renaissance, rois et reines agenouillés en leur sommet, tous attestant en majesté, et aussi en humilité chrétienne, l'éternité de leur âme immortelle. C'est le miracle de la statuaire de Saint-Denis. Rien n'est manqué, tout est beau, tout est grand, tout est sublime, irremplaçable. On ne peut douter un instant que ces rois, ces reines, ces princes enfants, ces chevaliers royaux adolescents, ces princesses naïves et téméraires, mères à quinze ans, régentes à vingt, trépassées à trente ans, n'aient été différents des autres mortels, oints du Seigneur et bénis de Dieu. Si les fureurs de la Révolution les ont épargnés, il faut en remercier l'abbé Grégoire, conventionnel, qui en 1793, au plus fort de la Terreur, dénonça le vandalisme (le mot est de son invention) destructeur du patrimoine artistique et architectural religieux. La statuaire de Saint-Denis fut ainsi sauvegardée, puis mise en valeur par la grâce des Monuments historiques. Mais il s'agissait d'art, et non de foi. L'apparence (ce n'est déjà pas si mal), mais sans le fondement.

Cette différence essentielle saute aux yeux quand on descend dans l'ossuaire royal. Sur le plan « artistique », rien de remarquable à sauver, en effet, au fond de ce boyau misérable et nu. Le sol est mal balayé, le marbre des murs se délite, les noms gravés s'effacent. Aucun symbole religieux dans ce trou sombre qui dépend de l'administration du musée. Aucune lumière du souvenir n'y brille. Nulle incitation au recueillement à ce niveau de la crypte. Point de croix pour ces princes chrétiens, point de table d'autel où l'on pût au moins célébrer une messe basse à la mémoire des défunts royaux. L'évêque de Saint-Denis

– la basilique est aussi cathédrale – prend toujours soin de faire savoir qu'il n'est pas le chapelain des rois morts, ce qui est une forme de reniement quand on a son siège épiscopal dans la nécropole royale. Lors des messes qui sont célébrées à Saint-Denis le 21 janvier et le 16 octobre de chaque année pour Louis XVI et Marie-Antoinette à l'initiative d'un des derniers carrés royalistes, il est immanquablement absent. Au bicentenaire de la mort de Louis XVI, en 1993, son exemple a été suivi par la plupart des évêques de France, cardinal-archevêque de Paris en tête. La République et l'Église ont fait le vide dans ce caveau de Saint-Denis, comme si ces tas d'ossements n'étaient conservés là que par routine administrative, ainsi que de vieilles archives. Tout cela respire le dédain, l'indifférence, l'oubli. Tout cela est à l'image désolante de l'effacement quasi total de l'idée royale en France.

Permettez-moi, Monseigneur, d'imaginer votre prière solitaire au fond de ce caveau :

Nous ne sommes rien pour ce pays.
Personne n'a besoin de nous.
Rien ne ressemble plus aujourd'hui au royaume
qui fut le nôtre.
Vous qui êtes là dans ces tombeaux,
Si vous avez quelque pouvoir là-haut,
Aidez-moi.
Gardez-moi la foi, je vous prie.

MAIS qui êtes-vous, Monseigneur ?

Cette question, le lecteur se la pose, se demandant à quel prince de la Maison de Bourbon je m'adresse parmi les descendants légitimes de Robert de Bourbon, sixième fils de Saint Louis (et les Orléans sont aussi des Bourbons). Deux d'entre eux, jeunes tous deux – vous êtes jeune aussi, Monseigneur –, incarnent aujourd'hui, par leur naissance, ce qu'il reste du principe et de l'idée royale en France, en vérité fort peu de choses, et ils le savent. Mesurant leurs chances infinitésimales, ils se bornent, peut-être sagement, à n'être plus qu'une sorte de gardien de la flamme, soufflant de temps en temps, avec l'élégance, le naturel et le don de sympathie de leur âge, mais sans trop de conviction, sur les dernières braises du foyer mourant.

Ils me liront tous deux, je le suppose, mais ce n'est pas au prince Jean personnellement, ni au prince Louis personnellement – par ordre de préséance alphabétique –, que je me suis résolu à écrire. Plutôt à un troisième que j'imagine, qui pourrait être aussi l'un de ces deux princes-là, ou un autre qui leur ressemblât, mais qui se déclarerait tout crânement *prétendant*, le premier, en quelque sorte, à esquisser enfin un geste pour tirer du néant le principe royal au nom de quelque idée simple tout à fait inconcevable à présent et totalement incompréhensible par nos contemporains, par exemple : « La grâce divine qui a fait les rois de France est un flux continu qui échappe au pouvoir des hommes. Elle est éternellement transmissible chez ceux que Dieu a choisis. Elle ne peut être interrompue. On peut couper la tête des rois chrétiens, les chasser, les oublier, la grâce divine court toujours... » Inutile de le crier sur les toits. Le croire suffirait, pour un début.

Je reconnais volontiers, par les temps que nous vivons, le caractère chimérique d'une telle entreprise. Mais comment sortir du mortel sommeil où a sombré l'idée royale, ou, pour parler moins solennellement, du train-train de survie pépère dont elle se suffit entre une page de magazine *people*, quelques réceptions en province et un reportage télé de Stéphane Bern ? Je n'appartiens pas à l'entourage des deux princes que j'ai nommés plus haut. Ces lignes risqueraient de susciter de leur part, au mieux, un flot de réticences dubitatives. Aussi me suis-je inventé un Bourbon hypothétique, symbolique, un Bourbon de substitution auquel j'ai l'honneur de m'adresser en leurs lieu et place. A considérer ce que j'ai à dire à mon prince et qui me pèse sur le cœur depuis pas mal de temps déjà, ce sera infiniment plus commode, pour lui aussi bien que pour moi. Ainsi ne risquerons-nous pas de nous brouiller, tandis que les deux autres princes ne pourront me reprocher de me mêler de ce qui ne me regarde pas, ce qui serait d'ailleurs assez vrai. A lui, je pourrai prêter des pensées, des élans du cœur, des impulsions inconsidérées qui, sans rejoindre toutefois l'intensité des miennes, lui permettront au moins de me lire et de m'écouter sans céder au réflexe de s'enfermer derrière les murailles de sa raison raisonnante. Quand on représente une cause (presque) perdue, il faut sonner de la trompette, sauter sur son cheval et tenter la dernière sortie, faute de quoi l'on meurt de vieillesse triste au fond de la forteresse oubliée que personne n'assiège plus parce que la vie s'en est allée ailleurs. Ce Bourbon-là et moi, nous aurons quelque raison de nous comprendre et je n'aurai pas écrit en vain. Et s'il faut absolument vous donner un prénom, Monseigneur, ne serait-ce que pour habiller l'ombre d'un peu de chair et de présence, je propose – ne lésinons pas – de vous en attribuer neuf : Philippe Charles François Louis Henri Jean Robert Hugues Pharamond de Bourbon. Les huit premiers furent portés par nos rois capétiens, vos ancêtres, tandis que le neuvième, Pharamond, assez mythique en vérité, rassemble les souverains des deux autres dynasties qui précédèrent l'avènement de votre famille. J'ai déjà utilisé cette licence dans *Sire*, avec un sacre pour épilogue en la cathédrale de Reims. Nous n'en sommes pas là, loin s'en faut...

A ce propos, précisément, je voudrais vous raconter, Monseigneur, une anecdote qui sans doute vous laissera pensif, tout comme je l'ai été moi-même. Si vous avez lu ce livre – *Sire*, publié en 1991 –, vous vous souviendrez peut-être de la dernière scène : Philippe Charles François Louis Henri Jean Robert Hugues Pharamond de Bourbon sacré roi de France à Reims, à l'âge de dix-huit ans, durant la nuit du 2 au 3 février 1999, en la seule présence de six jeunes gens, ses compagnons, et d'un très vieux cardinal officiant sous les voûtes de la cathédrale déserte et dans le plus grand secret. La cérémonie avait duré trois heures, selon l'immémorial *Ordre pour oindre et couronner le roi de France.* Trois voix, seulement, s'y étaient fait entendre, celle du cardinal tout au long, celle du roi pour le serment, celle de sa sœur Marie chantant les antiennes, au milieu d'un extraordinaire silence d'une intensité particulière. Point d'autre son, en plus de celui de ces trois voix, que le grincement du grand portail et le bruit de quelques pas à l'entrée et à la sortie sur le dallage de la cathédrale. Nul en France ne le sut jamais, et l'on ne sait ce qu'est devenu le souverain, mais cela est une autre histoire.

Le 3 février 1999, je me trouvais à l'extrême sud de la Terre de Feu, cahotant en 4×4 sur une piste improbable qui conduisait, m'avait-on dit, au cimetière des derniers Yaghans, qui étaient les Indiens de là-bas. Je dois avouer, Monseigneur, qu'absorbé par la recherche de ces autres disparus j'avais complètement oublié ce sacre de Reims et cette date du 3 février 1999. Après tout, j'étais pardonnable : il s'agissait aussi d'un roman. Je l'avais écrit plus de huit ans auparavant. Mais le roman m'avait rattrapé. Dans la masse de courrier accumulé en mon absence, je découvris à mon retour quatre lettres qui avaient la particularité d'avoir été toutes écrites par des jeunes gens au lendemain du 3 février. Je n'en citerai qu'une, que les trois autres confirment :

> Monsieur,
>
> ..., c'est tout naturellement que nous sommes allés jusqu'au bout d'un de vos rêves. Le 3 février de l'an de grâce 1999, nous étions à la cathédrale de Reims.
>
> Étudiants depuis quelques mois dans cette belle ville des sacres, nous nous étions préparés à cet événement. Nous avions motivé quelques camarades de l'École supérieure de..., si bien que nous nous sommes retrouvés à douze dans la nuit du 2 au 3 sur le parvis de la cathédrale.
>
> Cela serait resté seulement bien sympathique si nous n'avions eu la surprise de retrouver trois autres jeunes Rémois, et surtout quatre garçons venus : deux de Paris, un de Toulon et le dernier d'Aix-en-Provence. Ces quatre derniers avaient déjà suivi la piste la veille en se rendant à Saint-Denis.

Ces rencontres faisaient figure de miracle : si d'autres que nous avaient rêvé, l'espoir était permis.

Nous étions donc dix-neuf cette nuit-là à constater que ce que vous avez écrit était vrai : un grand silence entourait la cathédrale. Pour le reste, nous n'en savons rien.

En vous remerciant, etc.

La lettre se terminait par « Vive le Roi ! ». Ils avaient été trois à la signer...

Cela faisait bien un an, Monseigneur, que je tournais autour de l'idée de vous écrire. C'est cette lettre qui m'a décidé. Entre le rêve et l'espérance, que reste-t-il à sauver ?

Vous êtes donc jeune aussi, Monseigneur, un peu plus de dix-huit ans, tout de même, vingt-cinq, sans doute, trente, peut-être, guère au-delà. Passé cet âge, on se met à peser chacun de ses actes, on brime son cœur, on tue son âme, on se trahit à chaque instant, car nul ne peut mener sa vie autrement en ces temps qui sont les nôtres. M'adressant à un homme mûr (mûr comme un fruit qui va tomber ?), ou même à un jeune homme mûr, je perdrais mon temps assurément. Que pourrait-il comprendre en effet, qu'accepterait-il de comprendre à l'acte de foi et d'allégeance dont je vais à présent vous gratifier ? Vous le trouverez peut-être un peu appuyé, difficile à avaler en l'an 2000, avec trop de fanfares et de décorum verbal, un net abus de la transcendance et un irréalisme balancé entre chimères et vieilles lunes, mais il faut que les choses soient claires entre nous. Je compte bien que vous en retiendrez tout de même quelques-unes, après quoi nous n'y reviendrons plus.

Dans la mesure où vous êtes conscient de toute votre âme et de votre intelligence que vous êtes différent des autres mortels de ce pays, non par orgueil de naissance, évidemment, ou toute autre quelconque vanité, mais simplement parce que c'est à votre tour d'incarner le principe royal, votre existence, Monseigneur, devient en quelque sorte irréelle : elle fait appel à des sentiments d'ordre spirituel qui ne sont plus partagés par personne, ou si peu (vous voyez que je suis optimiste). Encore que ce ne soit même pas un problème de foi. Le principe royal ne repose pas sur la foi que l'on a ou que l'on n'a pas en lui. Il importe peu qu'on y croie ou que l'on n'y croie plus, et que les incrédules soient innombrables. Cela ne peut pas se peser. Dieu est Dieu, et le roi est roi.

Vous êtes le roi : roi sans royaume, roi sans peuple (Louis XIV disait « mes peuples »), roi de France.

C'est ainsi, vous n'y pouvez rien, à moins de disparaître définitivement, et par votre propre volonté, vous-même et votre descendance, dans la foule des milliers de milliers. Vous n'avez pas à en juger l'agrément ou le désagrément, l'honneur ou la corvée, le bonheur ou le malheur – *le malheur d'être roi*, ainsi que Louis XVI avertissait son fils dans le testament écrit au

Temple. Vous n'avez pas à vous pencher comme un quelconque individu sur le désordre des sentiments que pourrait vous inspirer votre destin. Le roi de France est le roi, comme l'eau est l'eau, comme le feu est le feu, par la volonté divine exprimée et confirmée par le sacre de tous les souverains qui vous ont précédé, issus de votre famille sans qu'un seul fît exception. Vous n'êtes pas maître de votre condition, laquelle ne doit vous inspirer ni vanité ni humilité. Vous n'avez pas d'autre choix honorable qu'accepter, et la fidélité de tous vous est due, même si vous ne la rencontrez jamais. N'étant rien présentement, vous êtes également tout. Débrouillez-vous avec ça, Monseigneur. Je n'ai fait qu'aligner des évidences. On ne peut rien en gommer. Par tout ce qui reste en moi de l'intime perception du sacré, je crois en vous de toutes mes forces, c'est-à-dire en tout ce que vous représentez. Fermez le ban !

Le sacré, voilà toute l'affaire. Je devrais même écrire : voilà toute l'histoire. Elle complique sérieusement votre cas. C'est l'onction divine plus encore que l'héritage – les deux étant consubstantiels – qui faisait les rois de France. Après que le pacte eut été rompu à deux reprises, par la mort de Louis XVI et par l'abdication de Charles X, deux rois qui avaient été sacrés à Reims, on avait essayé autre chose pour remplacer le millénaire *par la grâce de Dieu* et cette chose-là s'appelait : la volonté du peuple. On a vu ce que cela a donné et comment la volonté du peuple a signifié son congé à Louis-Philippe premier et dernier en 1848. Ne pouvant être roi de France, il avait choisi d'être roi des Français : « la meilleure des Républiques », selon la juteuse trouvaille de La Fayette qui avait emporté le morceau en 1830. Je ne pense pas que cela vous arrive jamais, mais si, par pure hypothèse, on vous fait un jour ce coup-là, n'hésitez pas, Monseigneur, refusez, il y aurait maldonne. Si Dieu n'y est pas mêlé, refusez, cela ne vous concernerait en rien. Dans ce pays où la notion du sacré dans le pouvoir a été totalement éviscérée, à la première évocation publique de Dieu (et comment, roi de France, pourriez-vous passer Dieu sous silence ?), vous auriez un million de manifestants dans la rue, conduits par cinq cents députés ceints de leur écharpe tricolore et les délégations des syndicats et de tous les corps constitués, avec quelques évêques en prime au nom de la laïcité de l'État et des Droits de l'homme, droits que l'homme ne tient plus de Dieu mais de lui-même, ce qui lui retombera un jour sur le nez, même s'il faut attendre pour cela le jugement dernier.

Alors ? Pas de Dieu, pas de Roi ?

Permettez-moi une parenthèse, Monseigneur. On a dû déjà pas mal vous seriner, comme exemples de ce que vous pourriez devenir, les souverains encore régnants en Europe. Ils n'ont pas d'autre pouvoir que celui d'être le symbole incarné de leur nation – et ce n'est déjà pas si mal, le principal en vérité, on ne peut guère en espérer plus pour le moment –, mais c'est vrai qu'ils sont nombreux, huit au total : Suède, Norvège, Danemark, Pays-Bas, Belgique, Luxembourg, Espagne, Grande-Bretagne, et pourquoi pas dix en comptant le Liechtenstein et Monaco où les Grimaldi règnent sur leur rocher depuis le XIe siècle...

En la saluant avec respect, mettons à part la reine Élisabeth II, laquelle a été couronnée solennellement à l'abbaye de Westminster – grandiose cérémonie *religieuse* – comme avant elle tous les rois anglais depuis Guillaume le Conquérant. On ne peut mieux affirmer la présence du sacré dans le pouvoir royal. Ces anglicans nous donnent des leçons. Je me souviens d'une visite que le prince Charles fit en France il y a quelques années au cours de laquelle il fut l'invité de la journaliste Anne Sinclair au magazine télévisé *Sept sur Sept.* Visiblement, le prince impressionnait la diva de la télé qui s'adressait à lui comme on s'adresse à un prince et non à un homme politique qu'on peut traiter plus cavalièrement. A un moment, vers la fin de l'émission, peut-être pour briser le charme où s'était engluée son agressivité naturelle, elle retrouva son ton incisif et lui posa familièrement cette question qui m'avait d'ailleurs étonné dans la bouche de cette femme intelligente : « Tout de même, Monseigneur, la royauté, à quoi ça sert aujourd'hui ? Vous ne trouvez pas que c'est un peu démodé en 1992 ? » Sans se démonter, le prince répondit : « Madame... », puis cinq secondes de silence pour souligner l'importance du propos, « Madame, dois-je vous rappeler que dans la royauté il y a une parcelle de sacré ? » Tout était dit en peu de mots. Rien à ajouter, rien à expliquer, l'essentiel. La diva se replia, confuse. La réplique ne venait pas. Peut-être cela dépassait-il son entendement. Tout seul devant mon poste de télévision, je me levai de mon fauteuil et saluai le prince à haute voix : « Merci, Monseigneur. »

Je me souviens aussi d'une conversation avec le journaliste Marcel Giugliaris à propos du nouvel empereur du Japon. Giugliaris a vécu plus de trente ans au Japon. Nul, en France, ne connaît mieux que lui ce pays. Pour ma part, j'y ai séjourné un an. J'aime et j'admire le Japon. La question qui se posait était la suivante : oui ou non le nouvel empereur, à l'exemple de ses prédécesseurs, allait-il, pour marquer son avènement, rendre visite en son temple d'Ise à la déesse Amaterasu, ancêtre mythique de la dynastie japonaise ? On imagine aisément qu'aucun des empereurs du Japon moderne n'a cru et ne croit encore une seconde qu'il pourrait descendre charnellement de la déesse du soleil. C'est simplement la façon japonaise, dans ce pays non chrétien, d'affirmer la primauté du sacré dans le pouvoir impérial, une notion si bien ancrée dans la tradition et l'imaginaire japonais que le général proconsul MacArthur, après la guerre, avait interdit à l'empereur Hiro-Hito de remettre les pieds à Ise. Il s'y rendait tout de même en cachette et s'arrangeait pour le faire savoir. Qu'allait faire le nouvel empereur ? Renouer publiquement avec la tradition ? « Dans ce cas, m'avait dit Giugliaris, la monarchie japonaise est sauvée, et l'âme du Japon avec elle. Sinon... » Le nouvel empereur est allé à Ise, dans le temple de la déesse où il a seul le droit d'entrer. Il y est resté un long moment et il y retourne régulièrement, méditant de compagnie avec les ombres des souverains de la dynastie solaire qui depuis plus de treize siècles se sont succédé au sanctuaire d'Ise...

Ces shintoïstes, Monseigneur, ne nous donneraient-ils pas aussi des leçons ?

Pas de Dieu, pas de Roi.

Et que nous apprennent, dans ce domaine, les monarchies européennes ? Protestants ou catholiques, à l'exception de la reine d'Angleterre leurs souverains ne sont ni couronnés ni sacrés. Leur avènement est lié à la volonté de leurs parlements nationaux. L'autorité religieuse, même si elle accompagne le prince de ses prières, ne s'avise pas d'y mêler la volonté de Dieu. Pourtant ça marche ! Ils se succèdent sans heurt les uns aux autres par ce qu'il faut bien appeler un droit du sang complètement anachronique auquel consentent – ce qui est un comble de contradiction – des populations devenues viscéralement démocratiques et socialement avancées. Qu'y a-t-il de sacré là-dedans ? En apparence rien du tout. Et cependant...

Sur quoi reposerait alors l'acceptation populaire ? Sur le seul principe de la fidélité au souverain, parce que celui-ci est le fils ou la fille de son père et ainsi de suite avant lui – et c'est vrai que la continuité royale ne fut jamais interrompue dans ces monarchies que j'ai citées (à l'exception toute relative de l'Espagne qui s'offrit deux républiques totalisant une vingtaine d'années avec le succès que l'on sait) ? Cela compte, assurément, mais cela ne suffirait pas, en ces temps égalitaires, s'il n'existait enfoui dans l'inconscient de ces nations le souvenir de l'ancienne onction divine qui autrefois faisait les rois. Même si, désormais, l'on en refuse constitutionnellement les effets, la source n'en est pas tarie pour autant et continue goutte après goutte, clandestinement pourrait-on dire, à sanctifier la personne royale. Cela, les peuples de ces pays le savent, même s'ils ne l'expriment pas, même s'ils ne se l'avouent pas, encore qu'il pût arriver que ces convictions souterraines fassent brusquement surface çà ou là : quand le peuple belge, royaliste du bout des lèvres, par raison et non par élan, et souvent franchement hostile, se leva en masse contre toute attente, Flamands et Wallons mélangés, pour saluer la dépouille mortelle de son souverain le roi Baudoin, c'est un roi *religieux* qu'il pleurait.

Un roi laïque, cela n'existe pas.

Dans nos vieilles nations anciennement chrétiennes, cela n'aurait pas de sens. En France, la rupture a été trop longue, effaçant l'inconscient populaire. Tout y a été fait et pensé pour rendre infranchissable le fossé qui sépare l'idée royale du peuple français, et inconcevable le rétablissement du roi. Autant dire, Monseigneur, que ce n'est pas pour demain...

ON mesure la débandade, organisée de main de maître, du sentiment royaliste en France, quand on sait que treize ans seulement séparent la restauration monarchique annoncée et soutenue en 1873 par une large majorité de l'Assemblée nationale (mais refusée au dernier moment par le comte de Chambord, « Henri V », qui n'acceptait pas d'abandonner le drapeau blanc fleurdelysé, nous reviendrons sur cette question de drapeau...) du vote de la loi d'exil, en juin 1886, par une Assemblée renouvelée devenue presque entièrement républicaine. Selon les termes de cette loi, la résidence et le séjour, si court fût-il, sur le territoire français étaient interdits aux chefs de famille ayant régné sur la France ainsi qu'à leur fils aîné. Au moins comptiez-vous encore un peu, Monseigneur... La République, en vous exilant, vous accordait la faveur de reconnaître en vous un danger, si minime fût-il, et de donner ainsi à vos partisans la délicieuse impression que vous n'étiez pas tout à fait mort politiquement. On chouannait en paroles dans les salons. Des émissaires secrets venaient vous rendre visite la nuit dans vos châteaux de bannis en Autriche, en Angleterre, au Maroc, des pèlerins énamourés entreprenaient bravement le voyage pour y saluer leur prince, tandis que les dames de la société brodaient pour votre anniversaire des foulards et des napperons à votre chiffre couronné et que les Camelots du roi battaient le pavé de Paris en votre nom. L'Église catholique vous fit même l'honneur, en condamnant l'Action française et en interdisant la lecture de son journal sous peine d'excommunication, de démanteler les dernières fortifications royalistes. On vit de vieux colonels à particule et des douairières de grande piété menés en terre sans messe et sans prêtre pour avoir refusé d'obtempérer...

C'était le bon temps.

Cette loi d'exil a été abrogée dans l'indifférence générale le 24 juin 1950, à la charnière des gouvernements Bidault et Pléven. Ils étaient douze députés en séance et on a oublié jusqu'au nom du rapporteur de la loi, probablement archimort aujourd'hui. Cet anonyme représentant du peuple vous a rendu un mauvais service, Monseigneur. Voilà que désormais vous comptez pour du beurre aux yeux de la République. Ne commettez pas l'erreur de voir dans cette mansuétude apparente une quelconque générosité désintéressée ou une absolution de vos actes pendant vos mille ans de règne. Même au bicentenaire de la mort de Louis XVI, le 21 janvier 1993, la République n'a pas eu un geste, ni une parole, que ce fût de sa droite ou de sa gauche, pour saluer le roi martyr, mais cela est une autre histoire... Bien que votée à la sauvette sous une IVe République molle qui ne faisait que constater votre anéantissement politique, l'abrogation de la loi d'exil n'a pas été concoctée pour des prunes. Il suffit de l'apprécier à ses effets : pour employer un mot à la mode, vous voilà à présent, Monseigneur, complètement banalisé. Vous n'êtes plus qu'un Français en France. Puisque désormais vous y vivez, privé (délivré ?) de l'auréole du proscrit, soumis aux mêmes lois et aux mêmes codes de pensée, peut-être même y exerçant un métier par goût ou par nécessité, proche de nous jusqu'à nous ressembler dans nos petitesses quotidiennes et sans doute ravi de cette nouveauté (mais je ne vous connais pas assez pour l'affirmer), éloigné peu à peu de votre passé et surtout de votre avenir, je veux dire : de votre destinée, par les mille réflexes machinaux qui sont ceux de notre troupeau et aussi par le loisir que vous avez de pouvoir y surnager en raison de votre nom et de vos relations au sein d'une certaine société, vous voilà, Monseigneur, tout près de tomber à pieds joints dans le piège ouvert il y a un demi-siècle par l'abrogation de la loi d'exil.

Que n'y retournez-vous, en exil, Monseigneur, pour retrouver ce que vous êtes ! Même si votre humeur se ressent à me lire, il y aurait là une attitude dont je me risquerai plus loin à vous entretenir, ainsi que d'autres que j'entrevois : ce n'est pas à un prince banalisé ou banal que l'on peut engager sa foi. Mais comme je ne désespère pas de vous convaincre de certaines choses, nous allons, Monseigneur, par les pages qui vont suivre, faire un bout de chemin ensemble...

Adoptons comme point de départ l'hypothèse réconfortante qu'au moins dans votre for intérieur vous n'avez en rien renoncé à assumer l'ensemble de votre héritage, c'est-à-dire à ne pas vous borner au rôle vaguement représentatif et historico-mondain de prétendant *in partibus* résigné (heureux ?) à en rester là, mais au contraire à le risquer, cet héritage, et à tenter de lui rendre vie, ce que personne ne pourra faire à votre place.

Cela établi, commençons par le plus facile, l'appréciation des obstacles, la connaissance de tout ce qui s'oppose à votre personne et à votre destinée. A quoi ressemble-t-il, votre « royaume » ? Et vos « sujets », qu'est-ce qui pourrait encore les rapprocher de vous aujourd'hui ? Nous n'allons pas dresser un catalogue, seulement dégager quelques contours, quelques traits.

La jeunesse ? Elle vous ignore. Vous ne figurez nulle part dans ce qu'on appelle à présent sa culture.

Je ne parle pas des deux ou trois milliers (centaines ?) de militants monarchistes qui en certaines circonstances font honneur à leurs convictions, ni d'un autre petit contingent issu de milieux cultivés qui gravite bien sagement autour du souvenir et de la tradition, mais je parle de la masse de ces millions et millions de clones que nous fabriquent deux monstres démocratiquement corrects : l'Éducation nationale, par défaut, et les médias, par complicité, selon la règle assez répugnante du plus petit dénominateur commun. Ils ont leurs codes imprimés dans leurs cervelles, leur langage, leur morale minimum contradictoire, leurs temples où ils célèbrent leurs Nurembergs « ludiques », leurs aversions et leurs engouements schématiques et manipulés, tout cela livré en kit mais sans plan de montage, ce qui engendre *in fine* un déboussolement général. Alors, le roi, l'héritier, le royaume de France, la présence de Dieu dans le pouvoir, la continuité monarchique, le sens de l'Histoire, le destin national incarné par un souverain échappant aux caprices du suffrage universel, etc., tout cela n'a aucun sens pour ceux-là qui, précisément, appartiennent à la même génération que vous. D'ailleurs on ne leur en parle plus et ce n'est pas le million de fonctionnaires de l'Éducation nationale, à peu près tout aussi idéologiquement clonés, qui leur ouvriront cette fenêtre pour respirer un peu d'air pur, fût-ce dans quelque établissement prestigieux de notre Enseignement privé, surveillé et subventionné. Pour vous, Monseigneur, ce sont des sourds. Ce que vous avez à nous dire, ils seraient incapables de l'entendre et à plus forte raison de le comprendre. Les meilleurs s'extirpent de la masse, heureusement. Ils sont nombreux, Dieu merci, mais cela ne signifie nullement qu'ils tourneraient leurs regards vers vous. Ils se sont échappés du moule commun, mais les traces en restent profondes.

On parle de plus en plus de ce qu'on appelle un peu trop facilement *le retour du sacré* chez une part notable (dans tous les sens du terme) de la jeunesse. Alors qu'on pourrait supposer qu'il y a là pour vous une sorte de gisement, je n'ai pas le sentiment, Monseigneur, que vous soyez inclus dans cette intéressante résurgence. Si d'aventure cela était, vous pouvez compter sur les clercs et les évêques, les commissions, les comités, les conférences de l'Église « qui est en France » pour tuer ce sentiment-là dans l'œuf. Le sacré, c'est leur affaire. Après l'avoir brisé et abandonné sans soins sur le dallage froid de nos églises, les voilà – et l'on s'en réjouit – qui entreprennent d'en raccommoder les morceaux à leur façon, si bien que le convalescent ne ressemble guère au mourant et ne saurait avoir avec vous, Monseigneur, la plus infime complicité. Au demeurant il est encore si faible qu'on ne peut trop lui en demander. Il a fait ses premiers pas, tout au moins en France, appuyé au bras d'un souverain pontife épuisé, bouleversant de force et de foi aux Journées mondiales de la jeunesse. Sans la présence et l'autorité du saint pape, on peut se demander vers quelles tangentes ambiguës il aurait été entraîné. Au bout du compte, ça n'a pas manqué : fraternité, fraternité, amour et fraternité, la main dans la main de Jésus, formons la grande chaîne de l'universalité... Dans ce sacré tout de même assez flou, sorte de petit dénominateur commun à la mode, habillé par Castelbajac et mis en scène par Taizé, je ne distingue pas vraiment, Monseigneur, par où vous pourriez vous glisser. Même l'esthétique est contre vous. Et que dire de la symbolique ! Si un jour, par miracle, Jeanne d'Arc reprenait du service et vous ouvrait le chemin de Reims, surtout ne confiez pas à ces gens-là l'*Ordre pour oindre et couronner le roi de France.*

En réalité, ils ne vous aiment pas. Même si clergé et évêques de France, dans leur presque totalité, vous considèrent comme négligeable, l'onction divine dont il reste en vous quelques traces les agace. Je dirais aussi qu'elle les choque. Ils accuseraient volontiers Dieu de favoritisme antidémocratique. Puisque Dieu s'est retiré, en France, de l'exercice du pouvoir, ils n'ont aucune envie de l'y voir revenir sous quelque forme que ce soit, à commencer par un roi, même par une vague espérance de roi. Alors ils en gomment jusqu'au souvenir. Le 21 janvier 1993, quatre évêques seulement ont accepté de célébrer en personne, dans leur cathédrale, une messe solennelle à la mémoire de Louis XVI : le cardinal Eyt à Bordeaux, Mgr Roll à Angoulême, Mgr Thomas à Versailles et Mgr Honoré à Tours. L'auteur de ces lignes a été engueulé comme cela ne lui était jamais arrivé de sa vie par S.E. le cardinal Lustiger auquel il avait eu l'outrecuidance de demander, par voie de presse, une messe pour Louis XVI à Notre-Dame de Paris. Les autres s'étaient fait porter pâles. Encore ne s'agissait-il que du souvenir. Mais imaginez, Monseigneur, qu'un jour vous vous présentiez à eux en véritable prétendant, en prétendant *Très Chrétien*, ainsi que se nommaient nos rois autrefois, au nom de la millénaire alliance entre la royauté française et l'Église que le souverain, par serment, s'engageait à protéger, c'est alors que vous verriez comme toutes ces mitres sans exception se défileraient. Imaginez encore – nous rêvons, naturellement – que vous ayez des partisans, que cela forme tout un mouvement, et je vous prédis, Monseigneur, la condamnation immédiate et proclamée de la Conférence épiscopale. L'Église catholique qui est en France s'accommode admirablement de la République. La République l'a déchargée d'une partie de son magistère et elle s'en trouve infiniment soulagée. Elle a choisi définitivement son camp. Elle s'est elle-même laïcisée. On ne peut d'ailleurs lui en vouloir. Elle peut ainsi consacrer ses ultimes forces à « gérer » tant bien que mal et sans remous politiques ses six millions – au mieux – de fidèles. Ce n'est pas, ce ne sera plus une Église rebelle. Elle a pris acte – et que faire d'autre ? – que la France n'est plus chrétienne et que la « fille aînée de l'Église » a coiffé le bonnet phrygien, catholiques compris, à commencer par les plus zélés, ceux qui étaient naguère votre soutien naturel.

Désormais le sentiment religieux éloigne la France de l'idée royale. Et même si contre toute attente elle redevenait chrétienne dans son ensemble, ce christianisme-là, celui du XXIe siècle, loin de vous accueillir, se dresserait pour vous barrer le chemin. Nul ne chantera plus, je le crains, le *Domine Salvum Fac Regem.*

Les ponts sont coupés, Monseigneur. La route du sacré est minée. De ce côté-là aussi vous êtes seul.

J'avais avancé tout à l'heure, à propos de foi religieuse et de liturgie, le fait que l'esthétique et la symbolique jouent désormais contre vous. Cela pourrait également s'appliquer à bien d'autres composantes de notre existence nationale. Tant de choses ont changé en France depuis que l'Histoire en marche vous a oublié sur le bord du chemin.

C'est ce que j'avais essayé d'illustrer, dans *Sire*, par deux scènes en forme de parabole. Le héros aux neuf prénoms de ce roman, qui est votre homonyme, Monseigneur, tenait de son défunt père quelques vérités essentielles, mais exprimées à l'ancienne : Que le roi règne sur le pays avant de régner sur le peuple. Que se borner à régner sur la population d'un royaume, c'était renoncer à l'aspect cosmique de la royauté... Que le vrai roi se veut roi des champs et des forêts, des lacs et des montagnes, des moutons et des sangliers, des biches et des truites. Que le vrai roi est partout chez lui. Que ce n'était pas une question de propriété : le roi ne possède pas son pays dans la dispersion des meubles et des immeubles ; il est en soi-même le pays dans l'unité de l'incarnation... Que la royauté ne repose pas sur l'avoir, mais sur l'être, etc. Et le jeune prince aux neuf prénoms se remémorait cette scène : « Pauvre père... les lacs, les montagnes, les truites, les moutons, déjà, ça ne passait pas facilement ! Que dirait-il aujourd'hui à ma place : les usines, les autoroutes, les fusées, la bombe atomique, les sous-marins nucléaires, les H.L.M., les banlieues, les supermarchés, les... les... les... Ô Seigneur, qu'est-ce que je viens faire là-dedans ? »

Puis le même prince, sur l'autoroute qui le menait à Reims, en passant non loin de Paris, était conduit par celui qui le guidait jusqu'à une aire de station-service en surplomb. C'était la nuit. On découvrait à perte de vue, et même au-delà, l'un des panoramas urbains les plus denses et les plus peuplés d'Europe. Des bataillons de béton rangés jusqu'à l'horizon comme d'immenses sentinelles éclairées qui flanquaient Paris de tout côté, une implacable géométrie où s'entassait presque le tiers de la population du « royaume ». Le grondement continu de l'autoroute et le flot de lueurs des phares semblaient ne vouloir jamais cesser. Et celui qui l'avait amené là lui disait, pour l'éprouver : « C'est un bon observatoire sur un monde qui n'est pas le vôtre. A trente kilomètres à la ronde vivent dix-neuf millions d'individus parmi lesquels nul ne vous connaît, la multitude et aussi l'écume de la multitude, ignorant l'âme immortelle de l'homme et la nature divine de la vie... » Alors le jeune homme hypnotisé par l'énorme tableau lumineux des grands immeubles, dans la nuit, comme s'il était seul, désemparé, face à une armée innombrable sur le point de se mettre en marche et de le renvoyer au néant, de le broyer sans qu'il en restât rien, lui, le « roi », le roi de rien, murmurait d'une voix désolée : « Mon Dieu ! Qu'ai-je à faire là ? Tout cela n'a pas de sens... Pourquoi m'avez-vous abandonné ? »

Il faut tenir compte de la particularité romanesque de *Sire* qui est une sorte de chevauchée dans le rêve, mais je crois que tous les éléments du problème y sont : l'inadéquation de l'idée royale et de la France de l'an 2000. Le roi n'est plus un personnage de l'imaginaire français, si toutefois il existe encore un imaginaire *français*. C'est vrai que des foules nombreuses se pressent dans les galeries, les salons et les parcs de vos châteaux, Monseigneur, Versailles, Chambord, son et lumière..., mais ce faisant, sans le savoir, elles vous enfoncent définitivement, elles vous rejettent dans le passé où sont figés pour toujours vos châteaux inhabités qui ne sont plus que des musées. Ah ! si on vous en avait laissé au moins un, ou si vous aviez su le garder vivant...

Le duc de Rohan, qui est pourtant sénateur de la République, lorsqu'il réside dans son château de Josselin, en Bretagne, fait hisser, sitôt arrivé, son étendard blasonné au plus haut de son donjon. La reine d'Angleterre n'agit pas autrement quand le pavillon royal annonce sa présence à Buckingham ou Balmoral. Je n'ai jamais rencontré le duc de Rohan, mais d'après ce que je sais de lui, cela m'étonnerait qu'il s'agisse là de provocation. C'est de sa part un geste naturel, sans calculs ni ostentation. M. de Rohan sort de l'E.N.A. Il a toujours servi la République, par métier, mais quand il rentre chez lui, à Josselin, dans ce qui lui reste de fief, le 14e duc de Rohan, en envoyant ses couleurs, renoue avec l'histoire de France et avec celle de sa famille. Son château est vivant. Il l'habite depuis sept siècles et il a le sens des symboles. Il affirme la continuité là où il en est le dépositaire. Je connais un autre duc, l'un des plus vieux noms de France mais passablement fauché après avoir servi lui aussi la République pendant trente ans, dans l'armée française. Lui n'a plus de château ni de terres. Alors il a racheté son donjon du XIIe siècle, une ruine embroussaillée, presque arasée, au sommet d'un rocher, quelque part dans le Dauphiné. Le donjon est inhabitable. On y accède par un mauvais sentier. Eh bien, c'est là, après quelques travaux de restauration sommaire, qu'il va faire flotter l'étendard aux armes de sa famille, le même qu'il y a neuf cents ans le premier baron de C., croisé sous Godefroi de Bouillon, planta sur une tour de Jérusalem le 15 juillet 1099. Le duc de C. a le sens des symboles. Et qui a fait duc le duc de C. ? Et qui a fait duc le duc de Rohan ? Vous-même, Monseigneur, au temps où vous étiez roi de France...

Le duc de Rohan n'y a peut-être pas pensé, mais quand il envoie son gonfanon dans le ciel de Josselin, au nom de la symbolique des Rohan, c'est la vôtre, d'abord, Monseigneur, qu'il déploie, la symbolique du roi. Tout cela ne pèse pas lourd dans le désert de la mémoire française et ne concerne sans doute pas grand monde en dehors de vous-même, du duc, de moi et de quelques centaines d'autres enracinés, mais c'est tout de même une petite lueur qui s'allume dans la ténébreuse nuit royale, une étoile presque éteinte qui s'obstine encore à briller. C'est mieux que rien. Il vaut mieux quelque chose plutôt que rien. A partir de rien on ne peut rien. Ne vous reste-t-il pas un donjon au fond d'un de vos anciens fiefs royaux, un bout de château encore habitable dans l'une de vos vieilles provinces où vous pourriez vous établir si le retour à l'exil vous déplaît ? Le Bourbonnais, par exemple, n'en manque pas. Vous y seriez doublement chez vous, comme Bourbon et comme « roi », puisque le roi est partout chez lui. Vous y choisiriez une campagne assez reculée qui conviendrait à votre solitude et où naturellement vous opposeriez porte close à toute espèce de fouineur de média. Vous y déploieriez vos couleurs, l'oriflamme des rois de France, d'azur chargé de fleurs de lys d'or. Quelqu'un passant par là, comme le mage suivant l'étoile, dirait : « Tiens ! le roi est revenu... » Peut-être y a-t-il là une idée à creuser. Avec votre permission, Monseigneur, mettons-la entre parenthèses. Nous la retrouverons plus tard...

Quand Louis-Philippe s'enfuit des Tuileries en février 1848, c'est en *brougham*, une sorte de fiacre à un seul cheval, suivi de deux cabriolets qu'on échangea au relais de poste de Dreux pour une berline et un omnibus à six chevaux où s'entassèrent sa famille et ses officiers. Paris n'était pas encore le Paris d'Haussmann, le passé y surgissait à chaque pas. Il n'y avait pas trois mille kilomètres de chemins de fer en France et le roi Louis-Philippe premier et dernier régnait sur une population massivement rurale. C'est dans ce décor d'un autre âge que se sont figées les dernières images de la royauté française, juste au moment où le Progrès avec un grand P prenait son élan, vous laissant, Monseigneur, sur le pavé, tandis que les souverains des autres nations d'Europe encore régnants à ce jour ont accompagné sans heurts les bouleversements du XXe siècle et se sont coulés sans peine dans le manteau des Temps modernes. Pour ne citer que quelques traits, le béton, les pôles d'affaires, les centres commerciaux, les stades géants, les banlieues, l'urbanisation galopante, tout l'appareil de ces pays qui sont parmi les plus développés de la planète, leur marque esthétique en quelque sorte et le laid encore mieux que le beau, rien de tout cela n'a remis en cause l'identification de leurs souverains à ces nations. Le roi en incarne la totalité. Tout a changé et rien n'a changé. La symbolique royale n'a jamais cessé d'irriguer ces pays et leurs populations. Elle leur a servi et leur sert toujours de repère dans le grand chambardement, et cela de mille et mille façons qui tissent une trame solide. Le portrait de la reine du Danemark vous accueille dans tous les restaurants et les magasins de Copenhague et dans la plupart des foyers danois. Les bâtiments de guerre de la *Navy* sont des navires de Sa Majesté (HMS) et les initiales E II R décorent les voitures rouges de la poste britannique qui sillonnent chaque jour les campagnes. Quand le roi d'Espagne maria sa fille, c'est tout le peuple qui se réjouit, et au moment de l'effroyable affaire Dutroux, vers qui les Belges se sont-ils tournés ? Vers leur roi... Si l'Europe fédérale et supranationale voit le jour – ce qu'à Dieu ne plaise –, je parie que les dix souverains européens, loin d'être relégués au rang de chefs coutumiers qu'on leur destine, s'en trouveront encore renforcés, devenant cette fois l'unique recours du patriotisme national et l'ultime symbole de la nation. En dépit de cent cinquante ans de coma, peut-être y aurait-il là, Monseigneur, une petite porte d'entrée par où vous pourriez vous glisser...

Voilà cent cinquante ans, en effet, que la République fait le ménage dans les symboles. Aujourd'hui le nettoyage républicain s'accélère, renouant avec le sectarisme de ses débuts. On assiste de nouveau à un glissement, à une substitution concertée et progressive de *la France* par *la République*. Écoutez nos hommes politiques, à commencer par le premier d'entre eux : lorsqu'ils évoquent la loi, ce n'est pas la loi française (ce mot leur écorcherait-il la bouche ?), mais la loi de la République et l'ordre républicain. Quand le corps enseignant manifeste, c'est toujours sous le même habillage : il défend l'école de la République. Les *valeurs* qu'on nous incite (qu'on nous somme) à partager, elles aussi débaptisées, sont les valeurs de la République, comme si la France n'était pas le symbole convenable pour incarner ces valeurs-là, ce qui est d'ailleurs le cas d'un certain nombre d'entre elles. Dans les occasions solennelles ou les situations de crise nécessitant un type de langage approprié, le gouvernement est d'abord le gouvernement de la République, et accessoirement le gouvernement français. Il en est de même des ministres et de tas d'autres fonctionnaires de... la République. L'Académie est encore française (c'est parfois même ce qu'on lui reproche), mais le Sénat est celui de la République, laquelle se déclare seule propriétaire des institutions démocratiques, qui ne sauraient être adaptées, en France, à toute autre forme de régime, comme en Grande-Bretagne, par exemple, et dans les neuf autres monarchies européennes. Si l'on fait parler sa conscience, en public de préférence, celle-ci se doit d'être républicaine. Dans l'armée, il y a aussi glissement sémantique (française ou de la République, au choix), et l'on nomme en Conseil des ministres des généraux qualifiés de *républicains*, c'est-à-dire que leurs compétences et leur loyauté au service de la France ne suffiraient pas à leur promotion s'il ne s'y ajoutait impérativement leur adhésion connue et proclamée à ces fameuses valeurs républicaines, même si certaines portent en germe la destruction de notre tissu national. On dit aussi : généraux *citoyens*.

Ah ! l'ingénieux vocable, qui fit les beaux jours de la Révolution. Transformé en adjectif, on assiste à son retour en force. On l'emploie à toutes les sauces.

La République décerne à tour de bras des brevets moraux de *citoyen* : patron citoyen, entreprise citoyenne, électeur citoyen, contribuable citoyen, association citoyenne (et subventionnée), policier citoyen, intellectuel citoyen, journal citoyen, maire de banlieue citoyen, etc. Vaste est la panoplie, mais nul n'a encore pris garde que ce mot-là est plus tordu qu'on ne croit, par la condamnation, le rejet et la ségrégation larvée qu'il porte en lui : s'il existe des patrons citoyens, c'est donc que les autres ne le sont pas ; s'il y a des intellectuels citoyens (ils se bousculent), c'est que les autres ne le sont pas, etc. Il ne peut y avoir de patrons citoyens, de maires citoyens, etc., en dehors des valeurs républicaines, cela va de soi, la boucle est bouclée. Encore n'ai-je pas évoqué les Droits de l'homme, autre avatar citoyen de la République pour laquelle la France ne redevient la France, amputée des centaines d'années qui précèdent 1789, que si elle est la-France-des-Droits-de-l'homme...

Dois-je poursuivre la litanie, Monseigneur ? Avec la symbolique et l'esthétique, le vocabulaire est aussi contre vous. La muraille des mots s'oppose à votre retour, à moins que vous n'acceptiez à votre tour d'être seulement un *roi-citoyen*, *la meilleure des Républiques*, mais je crois que même cette chance-là (en serait-ce une ?) ne reviendra pas : Louis-Philippe l'a définitivement ratée. Et est-ce bien cela que vous souhaiteriez, si toutefois vous souhaitez véritablement quelque chose ?

Je ne prétends pas que toutes les valeurs étiquetées

républicaines concourent à la dégradation de la nation et de son âme. Il en est que vous pourriez reprendre à votre compte sans dommage, celles où l'adjectif *républicaines* pourrait être remplacé par l'adjectif *françaises* sans modification de leur sens vrai, mais pour un certain nombre d'autres, les plus insidieuses, les plus insinuantes, corrosives sous le masque du progrès, la transmutation est impossible, contre nature. Je me contenterai d'un seul exemple : les valeurs *républicaines* de la famille, telles qu'elles s'entendent aujourd'hui et je vous épargne un développement que vous connaissez aussi bien que moi, ne sauraient en aucune façon se changer en valeurs protectrices de la famille *française*. La conception citoyenne et républicaine de la famille, c'est-à-dire une série de coups de couteau dans le dos, ne peut être qualifiée de française, puisque justement elle porte atteinte à l'intégrité de la famille française. Pour d'autres valeurs humaines essentielles, la même constatation s'impose. Telles qu'elles sont actuellement déviées, biaisées, gauchies, détournées, voire viciées, il vous serait impossible, Monseigneur, d'en prendre le relais. Et voilà une muraille de plus qui se dresse sur votre chemin. Barrès écrivait il y a cent dix ans, sous la jeune IIIe République : « Je sens diminuer, disparaître la nationalité française, c'est-à-dire la substance qui nous soutient et sans laquelle je m'évanouirais. Ce qui est atteint, c'est le fond de notre vie, notre vraie réalité, notre énergie... »

Peut-être est-ce l'âme qui manque. On dirait dans

le jargon : un déficit d'âme. C'est l'âme qui sauve les peuples forts. Il me vient souvent l'impression, comme dans un mauvais rêve éveillé, que bien des Français « de souche », aujourd'hui, l'armature de la nation, ne sont plus que des bernard-l'ermite qui vivent dans des coquilles abandonnées par les représentants d'une espèce à présent disparue, qui s'appelait l'espèce française et qui n'annonçait en rien, par on ne sait quelle anomalie génétique, celle qui au dernier tournant de ce siècle s'est affublée de ce nom. Peu d'entre eux sont encore conscients de ce qui constitue notre essentiel fond commun. Je n'arrive pas à comprendre – ou parfois je comprends trop bien mais je ne veux pas vous entraîner là, Monseigneur – pourquoi des hommes et des femmes, des Français, au niveau le plus élevé des pouvoirs et de la réflexion, là où se décide notre destin national, pourquoi ils s'acharnent à détruire, ouvertement ou sournoisement, les piliers déjà vermoulus qui soutiennent encore notre vieux peuple.

Certes il existera (existe) toujours un pays qui s'appellera (s'appelle) la France, ou plutôt la République française et qui ne sera plus (qui n'est plus) en fait qu'une sorte de section française au sein d'une Europe affadie, dépersonnalisée, matérialiste et mercantile. A défaut d'y être heureux comme Dieu l'était en France, peut-être même y vivra-t-on à peu près convenablement sous le double magistère mou d'une morale minimum adaptée et d'une vague spiritualité détachée des dogmes religieux : le plus petit dénominateur commun acceptable par le plus grand nombre. Sans doute est-ce inévitable. Les minorités qui refusent de s'adapter, de se fondre dans le moule imposé, sont toujours finalement broyées de l'une ou l'autre façon. La courte histoire du monde moderne en offre d'innombrables exemples et la Terre continue de tourner. Alors pourquoi s'obstiner dans une résistance inutile ? Autant accompagner l'irréversible mouvement. Au bout du compte, le résultat sera (est) le même et l'on aura évité les dégâts d'un combat d'arrière-garde perdu. Il me semble que cette pensée (idéologie) dominante est partagée, consciemment ou non, par l'écrasante majorité de nos compatriotes. Après tout, ce ne sera pas le bagne...

Tout cela pour vous demander, Monseigneur, où vous vous situez vous-même dans ce tableau ? Croyez-vous qu'on vous y attende, soit pour vous opposer au mouvement (ce qui serait une idée), soit justement pour l'accompagner en essayant de limiter la casse (ce qui serait une autre idée dont vous devriez peut-être vous méfier) ? Il faudrait pour cela que vous vous décidiez à sortir du bois, car personne ne viendra vous chercher.

C'est là que je voulais arriver, Monseigneur : sachant tout cela (vous y ai-je aidé ?), qu'allez-vous faire de votre vie ?

EST-CE vous qui avez déclaré récemment – ou était-ce votre cousin le prince Louis, ou votre cousin le prince Jean ? je ne sais plus – à un journaliste parisien qui vous interrogeait : « La question de la restauration de la monarchie en France n'est pas d'actualité. » On ne saurait mieux juger la situation, laquelle risque de perdurer. Nul Franco à la française ne vous rendra votre trône, et le général de Gaulle, qu'on disait profondément monarchiste mais qui connaissait trop bien les Français, avait jugé hautement irréaliste de leur proposer à nouveau une sorte de roi, fût-ce un deuxième avatar de *la meilleure des Républiques*, en la personne du comte de Paris. Alors que faire ? Je ne vous vois pas en prince médiocre, mais peut-être seriez-vous tenté de laisser filer votre existence au rythme plaisant de ce que je me suis permis d'appeler « un train-train de survie », alimenté par les ultimes dividendes *high society* de mille ans de royauté.

A ce propos, quelque chose me chiffonne un peu, Monseigneur. Ce n'est pas de grande importance, mais si vous n'y prenez garde, il y a risque qu'on ne vous confonde avec cette étrange ronde d'héritiers royaux dépossédés et accompagnés de toute leur parentèle, de princes sans principauté, théâtre ambulant à la Pirandello sur fond de bals caritatifs, de réceptions sponsorisées et de mariages merveilleusement princiers renforcés d'un *casting* d'enfer, coiffeurs, couturiers, *top models*, histrions de télé, publicistes, requins de la finance sacralisés par leurs milliards, tout ce qui incarne aujourd'hui le dessus truqué du panier. On ne compte plus, en France, les magazines sur papier glacé et les émissions de télévision qui font leur miel de cette comédie-là. Avez-vous vu les photos ? Et les commentaires ? A hurler. Charlotte de Z. et le prince Machin : ils se sont connus au mariage d'un ami commun, le milliardaire libanais F... L'élégantissime princesse de Truc a un faible pour la haute couture et les toilettes griffées... S.A.R. le prince L. et sa ravissante fille Hélène, créatrice d'une ligne de bijoux chez le joaillier Y... Le prince Chose et l'actrice C.R. : on parle d'une idylle naissante... Inoubliable dans sa robe de satin vert, trois rangs de perles et c'est tout, l'altière grande-duchesse de X... Le tout-Gotha, écrit le journaliste fleuri dans sa *Chronique des Altesses*, prépare la saison printanière en courant les grands couturiers et en astiquant les rutilantes pierreries familiales..., etc. A quoi pensent tous ces gens ? Est-ce qu'ils sont en représentation ? Certes, puisqu'ils ont invité la presse, qu'ils pouvaient tout aussi bien éviter. Offrant cette image « de rêve » un peu vaine qu'ils acceptent de donner d'eux-mêmes, que représentent-ils au bout du compte ? Rien de plus qu'une apparence.

Êtes-vous une apparence, Monseigneur ?

Et le spectacle continue. Notre société de spectacle est grande consommatrice d'apparences. Cela me fait penser à cette pièce de Jean Anouilh, *La Belle Vie*, la seule qu'il ait écrite pour la télévision et dont je vous recommande vivement la lecture : dans un pays totalitaire où les classes sociales ont été abolies, une famille d'aristocrates est contrainte par le commissaire à la Culture de se donner en spectacle pour l'édification du peuple dans son hôtel particulier devenu propriété de l'État. A raison de deux « représentations » par jour, derrière les cordons de velours rouge qui courent à travers leurs salons comme dans un musée, ils doivent y dîner en tenue de soirée, jouer au bridge ou faire de la musique, causer le cigare aux dents ou le face-à-main au bout des doigts en tenant leurs propos habituels qui d'ailleurs ne diffèrent guère de ceux que les spectateurs attendent d'eux, se disputer en se voussoyant et se déchirer sur un ton grand siècle, tout cela sous la surveillance pointilleuse de leur ancien valet de chambre Albert promu commissaire-adjoint-metteur en scène. Pris à ce jeu cruel, à la fin ils cabotinent... Le nouveau totalitarisme de nos médias a engagé à son service des douzaines d'Albert. Entourés d'une foule de figurants, tournent sur la scène de ce théâtre les héritiers découronnés de cent principautés germaniques, de quatre royaumes balkaniques, de quatre royaumes allemands, de deux royaumes italiens, d'un royaume portugais et d'un empire brésilien, de trois empires européens sans compter le napoléonien, et autres duchés et grands-duchés. Le public applaudit, ravi, à condition que les acteurs ne changent pas de texte, ni de rôle, ni de costume...

Vous qui êtes en quelque sorte le roi de France, Monseigneur, héritier de la plus vieille dynastie d'Europe, un « trône » auquel vous n'avez nullement renoncé – contrairement à votre cousin Otto de Habsbourg qui a solennellement déposé tous ses droits et ceux de sa descendance entre les mains de la République autrichienne en 1963, déclarant en passant par-dessus bord la grâce divine qu'il « ne croyait pas à des droits abstraits » –, vous qui n'avez pas oublié les devoirs que vous impose précisément la grâce divine, ce n'est pas en rejoignant la troupe de *La Belle Vie* que vous pourrez jouer votre vrai rôle, celui que nous attendons de vous.

Nous n'avons pas besoin d'un prince de magazine. Nous voulons un prince de vitrail.

Je vous imagine plutôt prudent. On ne vous voit pas trop souvent sur les planches de ce théâtre. Ce n'est pas vous qui vous feriez piéger par les caméras d'Albert vous « surprenant » à domicile en train de recevoir si simplement vos amis... Vous seriez plutôt du genre à vous défiler dès que se pointe un objectif indiscret. Mes compliments, Monseigneur, continuez. Il y a les réunions de famille, évidemment, les mariages, les anniversaires, les obsèques, comme dans n'importe quelle autre famille, mais la vôtre est tentaculaire. Sans prendre en compte la foule des majestés tombées, vous êtes apparenté de près ou de loin à toutes les familles régnant actuellement en Europe. On vous invite ? Vous acceptez ? Londres, Madrid, Copenhague ou Bruxelles, ce n'est pas *La Belle Vie* d'Anouilh, c'est la réalité monarchique. Albert est prié poliment de changer de ton et de méthode. Le spectacle aussi change de nature. Étant l'hôte de *vrais* rois, vous voilà un peu roi vous-même l'espace d'une fête ou d'une cérémonie. Il y a un revers à la médaille : vous n'êtes pas le seul invité dans ce cas. Une bonne partie de la troupe de *La Belle Vie* est là, partageant les rayons du soleil. Cela me chagrinerait de vous voir confondu dans les rangs de tous ces princes qui ne revendiquent plus. Il en est comme de l'abolition de la loi d'exil : on vous invite parce que, précisément, politiquement, vous ne représentez plus rien. Si vous revendiquiez pour de bon, Monseigneur, si vous redeveniez face à la République ne serait-ce que l'esquisse d'une menace politique, soyez assuré que les pressions qui conviennent s'exerceraient de telle sorte que vous ne seriez plus jamais convié à ces fêtes de famille officielles. J'aimerais cela.

Alors pourquoi pas un peu de hauteur ? Ou d'humeur ? On vous invite avec la troupe ? Si vous êtes le roi de France, vous refusez. A l'image du général de Gaulle qui à Londres, en 1940, n'était rien, soyez intraitable sur la considération que l'on doit à votre personne et à la France dont vous êtes, de droit, le roi. Après tout, on ne voit quasiment jamais la reine d'Angleterre à des cérémonies de ce type hors des frontières de son pays. Elle y délègue son mari le duc d'Édimbourg ou son fils le prince de Galles. Le roi de France ne saurait faire moins. Envoyez à votre place l'un de vos deux cousins, Monseigneur. Ils seront ravis.

Se pose la question de votre métier. Là, nous redescendons des hauteurs où j'ai placé un peu aventureusement le prince Philippe Charles François Louis Henri Jean Robert Hugues Pharamond de Bourbon.

On me souffle que depuis peu, après avoir fait les études qui conviennent et décroché les diplômes universitaires assortis – ce que nul ne vous reprochera –, vous travaillez dans une banque, à moins que ce ne soit dans la communication d'une grosse boîte, ou dans les services financiers d'une autre, je ne sais plus au juste, mais enfin, vous *travaillez*. Vous ne souhaitez pas renoncer à une carrière professionnelle, c'est-à-dire à un destin ordinaire puisque avec des hauts et des bas il est celui de la majorité d'entre nous. Vous l'estimez peut-être nécessaire pour vous rapprocher des Français et partager, sur le tas, leur vie quotidienne et leurs soucis. Cela vous rapprochera certainement des milieux de la banque, des affaires ou de la communication. Pour ce qui est de la France ci-devant profonde, on peut en douter. Cela n'a pas grande importance, je vous crois capable de la comprendre d'instinct, le pire autant que le meilleur. Le président Georges Pompidou était directeur de la banque Rothschild quand il accéda au pouvoir. Il est vrai que cela se passait en république. Est-ce qu'un banquier pourrait devenir roi ? Est-ce que la banque est le milieu idéal pour former un prétendant qui prétende ? La banque ou toute autre activité permanente lucrative considérée comme une profession ?

Pour parler franc, Monseigneur, qu'avez-vous besoin d'exercer une profession ? Ce serait entrer dans un système de pensée et de rapports humains qui ne peut que vous éloigner de vous-même et de ce que vous représentez, et qui à la longue vous brisera, non comme banquier, certes, ou comme *dircom*, pourquoi pas – vous y réussiriez très bien –, mais comme *roi*. Une fois descendu jusque-là, banquier bien à l'aise et bien à l'aise dans l'état de banquier, croyez-vous que vous pourrez encore incarner la royauté française sans tricher ? Jeune cadre supérieur dynamique durant la semaine, réunions de travail, *briefing* chez le patron, entretiens avec de gros clients, démarchage de haut niveau mais démarchage quand même assorti du vocabulaire et de la mentalité adaptés, et le week-end, changement à vue, comme au théâtre, réception au château de B., visite de la ville et du musée, banquet, discours, les jeunes filles esquissent la révérence, les messieurs vous donnent du *Monseigneur*, on crie « Vive le Roi ! » au moment de se séparer, instant d'intense émotion... mais le lundi matin, ponctuellement, à l'heure de l'ouverture des bureaux, son attaché-case à la main, celui qui pourrait être le roi de France franchit la porte de la société qui l'emploie, dépose la grâce divine au vestiaire en même temps que son trench et va retrouver ses collègues pour un petit déjeuner de travail. Dualité difficilement tenable pour peu qu'elle soit destinée à durer. A la longue l'un bouffera l'autre et c'est le roi qui sera mangé. Ce n'est pas un hobby de week-end que d'être le roi de France, ne fût-ce qu'un roi de droit. Ce n'est pas une activité de diversion, aussi digne et utile soit-elle. A mon avis, Monseigneur, respectueusement, dans l'unité préservée de vos pensées, elle devrait occuper tout votre temps, et au-delà.

Les princes français ne roulent pas sur l'or. Il semblerait que vous deviez gagner votre vie, ce que votre cousin Louis, à moins que ce ne fût votre cousin Jean, ont traduit en langage d'aujourd'hui par « la nécessité d'une carrière professionnelle pour assurer leur indépendance financière et pour fonder un foyer », ajoutant même – par élégance ? – que « cela ne leur déplaît pas », ce qui vaudrait également mieux pour vous, Monseigneur, si vous renoncez à votre destin. Mais si vous n'y renoncez pas, et je sais que le prince auquel je m'adresse ne renoncera jamais à affirmer un jour ou l'autre et d'une façon ou d'une autre la plénitude de ses droits, eh bien, Monseigneur, ne *tra-*

vaillez pas ! Ni salaire, ni honoraires, ni traitement, ni appointements, ni émoluments, ni solde à plus forte raison qui marqueraient votre subordination, ou, au mieux, votre dépendance. Penser le contraire serait un leurre, même s'il s'agissait d'une profession libérale. Sans parler d'autres métiers mercantiles qui vous conviendraient encore moins, les avocats, les médecins, les architectes, les conseillers financiers, les décorateurs, que sais-je encore, ont des clients. Même dans son exil intérieur, le roi ne saurait avoir ni patrons, ni supérieurs, ni clients. S'il a des problèmes d'argent, l'argent ne devrait pas être *son* problème.

Il faudra peut-être, pour le moment, vous résigner à être pauvre, Monseigneur. Gardez-vous des expédients. On vous proposera (on vous a proposé) de vendre votre nom, par exemple, à une ligne de parfums, une marque de montres *de prestige* ou toute autre forme de commerce de luxe qu'illustrerait votre royale personne en échange de royalties. Je sais que le prince auquel je m'adresse refuse toute proposition de ce genre. Bien que rien ne soit devenu plus commun aujourd'hui, écrivez un livre, à la rigueur, quelque chose qui nous donne à réfléchir, qui puisse servir votre destin, mais je crois que c'est également une mauvaise idée. Dans ce cirque-là non plus vous ne devez pas vous aventurer. Vous vous exposeriez à être deviné, à être piégé par les mots. N'en dites pas trop. Vous êtes le roi et cela suffit...

J'ai eu l'occasion, il y a une quinzaine d'années, de rendre visite à l'héritier du trône de Russie, le grand-duc Vladimir Cyrillovitch, neveu de Nicolas II, arrière-petit-fils d'Alexandre III et chef de la Maison impériale. Il est mort depuis, mais j'en garde un souvenir à la fois tonique et ému. Figurant dans l'annuaire du téléphone d'Ille-et-Vilaine à la lettre G (*grand-duc de Russie*), il habitait la villa Argonid, à Saint-Briac, que son père le grand-duc Cyrille avait achetée en 1924 après les années d'errance qui avaient suivi sa fuite à pied par les glaces du golfe de Finlande. Il y résidait toute l'année. C'était son seul domicile, une maison bretonne toute simple, en pierre du pays, nullement aristocratique, à cinq fenêtres de façade et deux étages, le dernier mansardé. Il en existe des dizaines de milliers de ce genre. Les volets et la grille d'entrée auraient eu besoin d'un bon coup de peinture. Une partie du jardin avait été vendue et le grillage de séparation attendait encore d'être transformé en mur. Rangée sur le seuil de plain-pied, la Peugeot du grand-duc n'était pas neuve. Il la conduisait lui-même. Sur la banquette arrière, en désordre, des jouets d'enfant en plastique, ceux de son petit-fils, un gamin blond, qui est aujourd'hui le grand-duc héritier Georges Mikhaïlovitch. Une bonne espagnole m'avait ouvert la porte. Dans le salon-salle à manger de la villa, un poêle à gaz fonctionnait. Son Altesse impériale n'allumait le chauffage central qu'aux grands froids. Une sorte d'aisance dans le dénuement. Vodka et cornichons à croquer. J'entends encore les éclats de rire de la grande-duchesse Léonida, née princesse Bagration... Sous le regard des photographies des martyrs de la famille impériale alignées sur une table – l'empereur Nicolas II, l'impératrice, le prince héritier et ses quatre sœurs, le grand-duc Michel, frère de l'empereur, les grands-ducs Paul, Georges, Dimitri, Nicolas, fusillés ou étranglés, le grand-duc Serge et la grande-duchesse, et les trois enfants du grand-duc Constantin jetés vivants dans un puits de mine –, l'unique bonne espagnole passait les plats du déjeuner et le blazer noir du grand-duc Vladimir avait des poches aux coudes et des reflets d'usure. La cour de Saint-Briac traversait une passe difficile et ce n'était pas la première.

Le grand-duc n'exerçait aucun métier. Les Romanov ayant dédaigné avec dignité tout placement de précaution à l'étranger, il ne disposait d'aucune rente. Il ne vendait pas de voitures de luxe à Lausanne ni ne démarchait dans les châteaux en Europe pour le compte de Sotheby's à Genève comme tel ou tel autre prince. La maison de Saint-Briac était son seul bien, avec hypothèque ou levée d'hypothèque selon les caprices du destin. L'inspecteur des impôts de la circonscription (le grand-duc était fiscalement français) était ressorti d'une visite de contrôle à la villa Argonid parfaitement abasourdi, édifié, sans un sou à gratter, mais conquis. Le grand-duc n'en faisait pas mystère. Sa petite chancellerie travaillait bénévolement, et ses moyens, le plus souvent limités, sujets à plus de bas que de hauts, dépendaient tout entiers de la diaspora russe blanche. Les chèques venaient en majorité d'Amérique. Alors on repeignait les volets, on remplaçait les ardoises du toit, on changeait de voiture, et – ce qui comptait avant tout – S.A.I. le grand-duc Vladimir pouvait à nouveau entreprendre un de ces longs voyages qui le conduisaient un peu partout en Europe et aux États-Unis visiter ses sujets en exil, ceux qui étaient restés fidèles à la couronne impériale qu'il n'avait jamais cessé de revendiquer. D'une certaine manière, il régnait, ne fût-ce que sur un empire virtuel et ambulant. A la chute de l'Union soviétique, il se mit à conspirer, des montages fragiles et naïfs, sans succès, pour rappeler au moins qu'il existait, au lieu de se résigner à attendre, attendre, attendre... Ne devriez-vous pas conspirer, Monseigneur ? Je vous reposerai la question.

En évoquant le souvenir du grand-duc Vladimir, j'ai souvent pensé à vous. Peut-être y a-t-il des enseignements à tirer ? Le grand-duc ne s'estimait nullement gêné de voir ses maigres finances renflouées par ses partisans. C'était pour lui chose naturelle. Il était la flamme qui éclaire. Aux autres la charge d'entretenir le feu. Pourquoi cette sorte de consentement mutuel entre le prince démuni et les siens ne pourrait-elle s'appliquer à votre personne ? Royaliste, c'est sans doute une conviction politique, mais c'est aussi une conviction religieuse et l'une ne va pas sans l'autre. La foi que l'on engage à son prince n'est pas de nature fondamentalement différente de celle que l'on doit à Dieu. Elles relèvent toutes les deux de la transcendance, sans pour autant que soient effacées les nécessités matérielles. On connaît le denier du culte, qui est une contribution volontaire d'une minorité de Français convaincus au budget de l'Église catholique. Pourquoi ne pourrait-il exister une sorte de denier du roi ? Des cheminements pourraient être organisés sans que le prince en fût l'initiateur. Il n'entre pas dans mon propos d'imaginer un mode d'emploi. Dans des limites convenables adaptées à ce que j'appellerais *le royaume parallèle* (j'y reviendrai), cela ne devrait pas être si compliqué. Même s'ils n'entretiennent aucune illusion sur les chances de rétablissement de la royauté en France et sont infiniment moins nombreux que les partisans du dauphin de Bourges autrefois, il vous reste des sujets virtuels, Monseigneur. Il s'en lèvera bien parmi eux quelques petites centaines prêts à ce consentement mutuel. Après quoi, ce sera à vous de jouer...

Parmi ces fidèles qu'on trouve dispersés dans presque toutes les classes de la société traditionnelle française, il en est à propos desquels je voudrais m'arrêter un moment : les aristocrates, ceux qui forment la noblesse française. Un certain nombre d'entre eux vous sont acquis du fond du cœur, Monseigneur. On est encore royaliste dans pas mal de châteaux, et même si l'on a perdu son château, ce qui est souvent le cas, on se souvient de la plaque de cheminée aux armes royales dans le grand salon, les trois lys de France qui témoignaient de l'antique principe sacré :

le roi est partout chez lui. Ces inconditionnels titrés ne représentent pourtant pas la majorité, loin de là. Beaucoup ne sont que tièdes. Le lien qui les attache vaguement au prince s'apparente à une sorte de culte des ancêtres et n'entraîne aucun dévouement particulier. Ils ont tracé leur chemin sous trois Républiques et n'éprouvent aucun besoin d'allégeance à un quelconque prétendant qui ne ferait que leur compliquer la vie. Chaque 21 janvier, certains ont une pensée pour Louis XVI (le culte des ancêtres, précisément), mais rarement pour son héritier vivant. Il y a aussi le gros bataillon des indifférents pour qui la page est définitivement tournée. L'existence d'un prince prétendant ne les concerne d'aucune façon et ne fait vibrer en eux aucune corde, fût-elle seulement sentimentale. Enfin il en est de nombreux qui lorsqu'on les interroge là-dessus avouent qu'ils ne sont nullement royalistes, de cœur comme de raison, et j'en connais parmi eux, Monseigneur, qui se déclarent franchement hostiles à ce que vous représentez. Je garderai pour moi les noms de ceux d'entre eux – de grands noms parfois – qui ont refusé par conviction républicaine de se mouiller de près ou de loin lorsque ont été organisées les cérémonies commémoratives du 21 janvier 1993.

On ne peut leur adresser aucun reproche. Chacun est libre de penser ce qu'il veut – selon l'expression consacrée, nous sommes en république, que diable ! –, mais on a tout de même le droit de s'étonner que parmi tous ceux qui ont rompu définitivement le lien avec leur prince, si peu aient eu la décence logique d'en tirer les conséquences et de renoncer aussi à leurs titres. Au contraire, ils les multiplient, étendant à tous les puînés le bénéfice d'une qualité autrefois réservée au seul aîné. Ces comtes, ces barons, qui se sont éloignés de vous, Monseigneur, souvent jusqu'à vous gommer de leur vie, à qui doivent-ils tous ces titres qui sont encore assez vivaces pour remplir les pages du *Bottin mondain* et les colonnes du carnet du jour du *Figaro* ? Qui les a faits comte, baron ou marquis, dans un siècle ou dans un autre, sinon les rois qui vous ont précédé et dont vous êtes l'héritier ? Il n'y a plus de roi en France, le trône est vide et « ce dauphin si gentil » est le cadet de leurs soucis, mais ils font toujours sonner ces titres qu'ils tiennent de votre famille. C'est trop facile ! Je sais bien que l'avènement de la République a mis fin au contrat d'honneur qui les liait au souverain et les a définitivement dispensés du service dû au roi sans qu'on pût leur en faire grief, mais ils pourraient au moins, Monseigneur, reporter sur votre personne un peu de l'ancienne fidélité et s'imposer à votre égard un minimum d'obligations.

Pourquoi pas le denier du roi ?

PARMI les circonstances exceptionnelles qui seules pourraient miraculeusement vous rétablir sur votre trône et qu'évoquent régulièrement vos fidèles à défaut d'autre espérance, reviennent le plus souvent les mots cataclysme, catastrophe, débâcle nationale ou toute autre perspective réjouissante dont la France ne se sortirait pas vivante sans un sauveur providentiel, lequel ne saurait être que vous-même, Monseigneur. Selon ce scénario messianique, la France blessée, presque agonisante, vous ouvrirait tout grand les bras et le peuple las d'être trahi et trompé vous rendrait unanimement sa foi. J'ai même entendu dire à ce propos, comme un exemple de « chance » manquée, que si Monseigneur le comte de Paris avait précédé le général de Gaulle à Londres en juin 1940, eh bien, qui sait... Au lieu de quoi le comte de Paris s'est pris les pieds dans son tapis marocain, mais cela est une autre histoire.

L'hypothèse n'est pas forcément fausse, celle d'une

sorte d'apocalypse entraînant la reconstruction de la société autour de ses valeurs perdues, mais outre que c'est une idée singulière passablement désespérante de n'attendre que du pire une restauration de la royauté en France, je me demande tout de même, Monseigneur, si c'est vous qu'on irait chercher ? A moins que vous n'ayez imposé d'ici là votre marque dans l'imaginaire national, mythe, légende, recours, prince de vitrail, mais cela risque de prendre du temps et peut-être cette occasion redoutable ne se présentera-t-elle jamais, vous renvoyant au fil morne des jours...

En attendant, on vous balade.

J'ignore le détail de votre agenda, et pour cause, mais si j'en juge par les comptes rendus des déplacements en France de vos deux cousins, vos week-ends doivent être exténuants. Vos dévoués représentants ne se débrouillent pas si mal. Des villes importantes ont eu l'honneur de votre visite et leurs maires républicains mais courtois vous ont parfois accueilli eux-mêmes sur le seuil de leur hôtel de ville, se prêtant de bonne grâce à la photo, ceints de leur écharpe tricolore. Même si vous avez dû vous contenter le plus souvent d'un archiprêtre gardant ses distances ou d'émouvants très vieux chanoines heureux d'arborer leurs anciens surplis, on a cependant eu la surprise de voir quelques rares évêques s'avancer à votre rencontre sur le parvis de leur cathédrale. Au chapitre des réceptions en costumes, vous faites un malheur, Monseigneur, dans les confréries vineuses de France et de Navarre où vous êtes l'invité d'honneur. On vous a vu – photos à l'appui – chez les chevaliers du Tastevin, les consuls de Septimanie, les compagnons de Châteauneuf-du-Pape, ceux des Corbières, du Minervois, de la Jurade de Saint-Émilion, etc., escorté de personnages en toge de velours rouge et gantés de blanc qui vous adressent des propos fleuris et vous passent autour du cou le grand cordon de leur compagnie. Des quartiers de cavalerie aux ordres de colonels de bonne famille vous ouvrent leurs grilles à deux battants et il est même arrivé qu'on vous présentât les armes, au risque d'encourir les foudres du général républicain commandant la région militaire. On vous fait visiter des usines, des chantiers, des abbayes, des couvents, des musées. Vous vous êtes recueilli devant un nombre impressionnant de saintes reliques et de tombeaux, et jamais vous ne manquez, en passant par Saint-Malo, d'aller fleurir la tombe de Chateaubriand au Grand Bé. On vous a signalé aussi, très discret, dans les rangs juvéniles des pèlerins de Chartres ou assis dans l'herbe au milieu de la foule lors de la visite du pape à Paris. Vous êtes un infatigable arpenteur de hauts lieux historiques, avec une préférence pour Quiberon et une réticence pour Valmy qui vous honorent doublement. Vous déjeunez, vous dînez, avec vos sympathisants, rarement plus d'une centaine de couverts, le vivier royaliste n'est pas très peuplé. Vous passez de table en table, vous savez écouter. Vous n'êtes pas dénué d'humour. On loue votre simplicité. On est heureux, tout comme moi présentement, de dire « Monseigneur » en s'adressant à votre personne. Ça a un petit côté chouan, mais sans risque. Vous appeler ainsi « Monseigneur » peut être compris comme une sorte de défi, de rébellion symbolique que nul ne songerait à concrétiser. Y avez-vous songé vous-même ? On sait bien que ce n'est pas possible, alors on se bornera là. Les discours qu'on vous tient en fin de banquet sont toujours de haute tenue – Que la France serait belle si elle avait un roi ! –, mais personne ne vous pose *la* question, quand ? comment ?, parce que vous ne sauriez y répondre, parce que vous n'avez rien à répondre et qu'il ne faut pas réveiller les somnambules de la royauté.

Et le week-end suivant, cela recommence. C'est le maire de N. qui vous reçoit, ancien ministre, grand baron de la République, quelqu'un qui se fait, comme on dit, « une certaine idée de la France ». Il est parfait : « La tradition que vous incarnez... L'héritage de la France royale... L'unité de l'Histoire de France par-dessus la fracture de la Révolution... Vous êtes, Monseigneur, une figure de cette unité... » La télévision régionale est là, quarante secondes aux infos du soir. On file au musée, à la cathédrale, au restaurant Chose, en petit cortège on visite les vieux quartiers, et c'est reparti ! Ceux qui vous accompagnent sont ravis. Ce sont d'excellentes gens. Ils croient de bonne foi avoir marqué un point. Est-ce qu'ils ne se rendent pas compte qu'on vous promène comme une relique ?

Je sais bien que vous n'avez pas (ou à peine) trente ans. Ce mot de relique peut vous heurter, vous peiner, encore que la définition du dictionnaire qui convienne ne soit pas le moins du monde insultante, ni même restrictive : « Personne ou objet auquel on attache le plus grand prix comme à un vestige ou à un témoin d'un passé cher. » Vous êtes le témoin d'un passé prestigieux. Vous êtes à vous seul le témoin de mille ans et plus d'Histoire de France. Vous êtes mille ans d'Histoire de France, et justement parce que vous êtes vivant et jeune, vous soulevez autour de vous l'émotion, la dévotion et la gratitude de ceux qui demeurent viscéralement fidèles à ce passé. Ce n'est pas rien. Dans la petite cohorte des exilés de l'intérieur, en ces temps d'oubli de l'essentiel, cela peut en réconforter plus d'un. Le rêve passe. Mais sans doute avez-vous observé que parmi ceux qui vous reçoivent d'une façon un peu officielle, avec certaines formes de respect, et qui vous adressent des discours, nul ne fait jamais allusion à votre avenir, ni n'effleure, fût-ce du bout des mots, l'espérance que vous pourriez représenter dans ce pays, non comme citoyen, naturellement, mais comme prince : pour eux le rêve est passé. L'important maire de N., qui m'a déjà servi d'exemple, se serait trouvé mille prétextes pour s'absenter lors de votre visite dans sa ville s'il avait songé sérieusement une seconde que le prince prétendant pût prétendre. Et de grâce, Monseigneur, ne m'opposez pas cette phrase que j'ai déjà entendue dans la bouche de l'un ou l'autre de vos cousins : « Je ne prétends à rien, je suis », ce qui dans les circonstances présentes me semble une forme d'immobilisme, une manière de se défiler. Je le sais, que vous n'avez rien à prétendre, puisque vous *êtes* l'héritier, le roi ! Je viens de consacrer des pages et des pages à le rappeler salutairement à ceux qui me liront. Mais tout en étant ce que vous êtes, si vous ne prétendez à rien, nous n'en sortirons jamais...

Et le week-end suivant, on remet ça. Est-ce que cela va durer longtemps ? Dix ans, vingt ans, cent ans ? L'éternité ? Est-ce qu'en compagnie d'autres fidèles je dois me résigner à ce que mes arrière-arrière-petits-enfants continuent de la même façon à saluer votre petit-fils ou votre arrière-petit-fils en visite de fin de semaine, à l'appeler « Monseigneur » l'air ravi, à l'entendre célébrer entre le dessert et le café les vertus millénaires de la monarchie française, et à l'applaudir un peu mélancoliquement en attendant de passer le relais aux suivants ? Mais aurez-vous encore des partisans ? Est-ce qu'on ne se sera pas lassé en route ? La routine, justement. La routine royaliste.

Je vous crois conscient de ce danger, Monseigneur.

Vos deux cousins également, mais ils n'y apportent pas la même réponse. Ce sont des modestes. Ils limitent leurs ambitions. Il me semble que c'est le prince Louis qui a émis l'idée lumineuse – ou peut-être la lui avait-on soufflée – de suggérer, lors d'une interview, aux autorités de la République, que « fût reconnue une place singulière aux chefs des dynasties [le pluriel est une générosité du prince Louis] ayant régné sur le pays ». Il a même tenu à préciser que « ce serait une excellente initiative que prendrait l'État si les princes du sang de France pouvaient, par exemple, promouvoir la francophonie ou servir d'ambassadeur, en incarnant la continuité et la tradition françaises ». Il paraît que le Portugal, et certains anciens royaumes allemands, réservent ainsi une *place* aux descendants de leurs souverains congédiés. Le père du prince Louis, le prince Alphonse, pour lequel j'éprouvais beaucoup de respect et d'affection, avait été en 1970 ambassadeur d'Espagne en Suède, mais l'Espagne est un royaume dont le futur souverain était son cousin germain Juan Carlos, couronné en 1975. L'exemple ne peut être retenu. La France est une république, des plus idéologiquement roides qui soit. Elle reçoit fort bien les souverains étrangers mais devient aussitôt hargneuse à la seule éventualité de partager si infiniment peu que ce soit ses prérogatives républicaines avec un descendant de nos rois. En admettant même que, par on ne sait quel impossible revirement, vous soyez nommé représentant de la France quelque part, en Suède ou au Luxembourg chez votre cousin Bourbon de Parme, ou encore auprès de l'U.N.E.S.C.O. ou de la Commission européenne (voies de garage), vous auriez bonne mine, Monseigneur : S.Exc. M. Philippe Charles François Louis Henri Jean Robert Hugues Pharamond de Bourbon, *ambassadeur extraordinaire et plénipotentiaire de la République française.* Ce serait votre titre officiel de serviteur de la République et vous n'auriez plus qu'à tirer l'échelle.

Si vous tenez absolument à exercer une profession, surtout ne choisissez pas celle-là. Non qu'elle soit déshonorante – je n'ai jamais voulu dire cela –, mais parce qu'elle signifierait de votre part un renoncement implicite et définitif à vos droits. On ne peut servir deux maîtres en même temps, le roi et la République, à plus forte raison si l'on est soi-même le roi. Une *place* moins compromettante, peut-être ? Haut-Commissaire de quelque chose ? La Francophonie ? L'Humanitaire ? C'est épatant, l'Humanitaire. On s'investit. Le petit-fils de Saint Louis chez les lépreux. Soit, mais seul, sans mandat, sans titre de fonction et à vos frais, sans délégation d'autorité émanant de quelque organisme gouvernemental ou de quelque ministère que ce soit. Il en va de cela comme de tout autre poste, bénévole ou lucratif, qui pourrait vous être proposé, confié, ou concédé, dans le cadre des institutions de la République. Même pour le plus altruiste des motifs, il vous est impossible de transiger là-dessus. Un doigt dans cet engrenage, Monseigneur, et vous rentrez dans le rang, au risque de ne plus jamais en sortir.

Alors ? Pas facile de servir la France quand on est

ce que vous êtes ? Je n'ai pas voulu dire cela non plus. Je n'ai parlé que de la République. La République n'est pas la France. Même en considérant seulement ses qualités, elle n'est qu'un moment de la France. Vous avez précédé ce moment durant des centaines d'années, et quand il est venu il vous a rejeté. Pourquoi vous y abandonner maintenant ? N'y aurait-il qu'une infinitésimale chance que vous puissiez d'une manière ou d'une autre reprendre un jour votre chemin, autant veiller à la garder pure...

NOUS voilà, Monseigneur, au tournant de ce livre. Je vous ai d'abord célébré. J'ai dit le B.A. BA : que la grâce divine qui a fait les rois de France échappe au pouvoir des hommes, qu'elle ne peut être interrompue et qu'elle est éternellement transmissible chez ceux que Dieu a choisis. Vous êtes l'unique dépositaire de cette grâce. Maurice Clavel, qui se déclarait aussi royaliste, s'était un jour exclamé : « Dieu est Dieu, nom de Dieu ! » Il aurait pu compléter : « Et le roi est le roi, au nom de Dieu. » Vous êtes le roi. Je vous ai engagé ma foi. Je ne suis certainement pas le seul. N'en parlons plus.

Je me suis ensuite efforcé d'ouvrir sur la réalité mes yeux de somnambule royaliste. J'ai rappelé tout ce qui s'oppose à votre rétablissement, en France et dans le peuple français. Au risque de détruire les illusions des derniers tenants du roi qui vont sans doute me le reprocher, et de les décourager (en quoi ils m'auraient mal compris), j'ai retiré le tapis d'apparat de dessous vos pieds en estimant vos chances nulles. Cela peut sembler contradictoire puisque je m'adresse justement à un prince dont j'ai établi d'entrée qu'il n'a en rien renoncé à assumer la totalité de son héritage, mais qu'il est au contraire résolu à le risquer, à tout tenter pour lui rendre vie – et j'ai à plusieurs reprises précisé : *d'une manière ou d'une autre.*

Pour ce qui est *d'une manière*, celle que je qualifierai de classique et de légale (vous considérez-vous, Monseigneur, comme un citoyen ordinaire soumis à la légalité républicaine ?) et qui peut se résumer par : on essaye de se faire connaître, on attend et on verra bien ce qui se passera..., mieux vaut tirer un trait dessus. C'est le train-train de survie – je me répète. Cela réconforte votre entourage, lui donne l'impression d'exister, tout en ne menant nulle part. La route est barrée. Mais il y a l'*autre* manière, ou plutôt les autres.

Ce sont celles-là que je me propose d'explorer.

Pour commencer, Monseigneur, disparaissez.

Hormis vos maigres bataillons résignés depuis longtemps à attendre, nul ne s'en apercevra. N'en concevez pas de dépit, vous aurez votre revanche : plus tard, l'effet de surprise jouera. Pour le moment, quittez la partie. On vous a peut-être conseillé de soigner votre image, le look du type super-sympa qui roule à moto, préfère le pull à la cravate, qui dévale les rivières en raft, qui reçoit sans protocole le valet Albert et ses caméras et qui a une poignée de main de député. Désespérément banal. Le mythe qui rampe à ras de terre. Oubliez tout cela. Je veux dire : oubliez l'aspect faussement communicatif (« communicant » ?) de tout cela. Naturellement, ne faites pas de politique, ne vous joignez pas à l'imposture, mais sur ce point je vous crois vacciné. Peut-être avez-vous été tenté d'exprimer votre opinion sur tel ou tel sujet au cours de débats télévisés, par exemple, où l'on vous inviterait. Mais l'on ne vous invitera pas, car ainsi vous sortiriez du rôle qui vous a été définitivement attribué dans le grand cirque : prince de magazine, personnage de saga. Si d'aventure vous décrochiez un strapontin avec micro et maquillage télé dans la politique-spectacle, sachez que tout ce que vous diriez serait retourné contre vous et que votre sincérité ne vous sauverait pas, au contraire. Au mieux, vous serviriez de faire-valoir à des domestiques de médias et à des truqueurs professionnels, nomenklatura citoyenne où vous n'avez rien à faire. Ne mêlez pas votre image à la leur. Votre destin ne relève pas de la compétition avec d'autres forces politiques. Vous êtes le roi. Ne vous noyez pas dans ce milieu-là. Le coup de pied du noyé, ce n'est pas dans ce marécage que vous devez le donner. Vous seriez étouffé par les algues parasites avant même d'avoir refait surface.

Fuyez tout cela et le reste. Qu'on ne vous voie plus. Qu'on oublie même votre visage. Que vous ne soyez plus qu'un point à l'horizon, les voiles hautes d'un navire inconnu louvoyant au loin contre les vents dominants, ou le reflet du soleil sur le heaume d'un cavalier invisible qui s'approche... Si vous voulez nous revenir un jour, il vous faut partir d'ailleurs.

Il vous faut choisir l'exil.

Car votre royaume est double, Monseigneur. Il y a le royaume visible, un peuple et un territoire. Vous n'en êtes plus le roi, vous n'en êtes pas le roi, vous n'en serez sans doute plus jamais le roi. Et il y a le royaume invisible, celui qui n'a ni terres ni frontières, et qui est un élan de l'âme. Celui-là est le fondement de l'autre et c'est pour le moment le seul qui vous reste. Ne le risquez pas dans la cohue et la confusion. Emportez-le avec vous en exil. L'exil est une attitude qui rétablira les distances entre le spirituel et le matériel, entre le sacré et le politique, dont vous vous étiez privé en cédant imprudemment au courant commun de la vie. C'est un acte de vrai prétendant, une affirmation symbolique de souveraineté qui nous rendra l'espérance comme un phare qu'on découvre au-delà de la nuit. D'autres lumières s'allumeront. Des événements pourront survenir, même si ce ne sont pas ceux que l'on attend : vous aurez le choix.

Peut-être penserez-vous qu'à partir de là nous entrons dans une sorte de roman. A la lisière de l'imaginaire et de la réalité, on peut exprimer commodément tant de choses...

Vous voici donc sur le chemin de l'exil.

Vous ne vous cachez pas. Vous avez seulement coupé les ponts. Vous n'avez fait part à personne de vos véritables intentions, à l'exception de quelques rares intimes aussi muets que des tombeaux auxquels vous avez ordonné de ne point chercher à vous retrouver avant que vous n'en donniez vous-même le signal. Vous avez annulé tous vos rendez-vous sous le prétexte d'un long voyage. Vous avez averti ceux qui vous emploient que le prince Philippe Pharamond de Bourbon avait décidé, pour raisons personnelles, de reprendre définitivement sa liberté. L'employeur du roi, votre P.D.G., est vexé comme un pou. Vous étiez le plus bel ornement de ses bureaux. Nul ne connaît votre destination. Votre téléphone ne répond plus. Votre courrier s'en retourne avec la mention *N'habite plus à l'adresse indiquée*. Vous avez réglé d'avance un an d'impôts à l'État et vous ne devez plus rien à la République. Ce sera votre dernier acte de citoyen. Vous avez vidé votre compte en banque et lesté votre sacoche de billets à l'effigie de Marie Curie. Hélas on ne paye plus en or, sinon vous auriez emporté des louis. Vous en avez tout de même une vingtaine dans votre poche, frappés sous le règne de Louis XVI. Un héritage de famille. Des reliques. La bourse qui les contient faisait partie de la cassette royale, dans la berline de Varennes. Une élégance de votre part. Une façon de renouer le fil de l'histoire que le maître de poste Drouet, futur député régicide, avait rompu deux cent neuf ans plus tôt.

Ainsi, vous avez fermé la porte sur votre petite vie publique et vous êtes parti. Seul ou presque. Au lieu de vous bercer d'illusions en visitant votre bonne ville de Z. où vous étiez invité pour le prochain week-end, vous avez sagement jugé qu'il vous fallait commencer par une cure de solitude. Vous avez tout de même besoin d'un compagnon de route. Je vous propose Monclar. Il formera toute votre suite, conseiller, secrétaire, aide de camp. C'est un garçon de votre âge qui vous est entièrement dévoué. Il a déjà l'expérience des deux cent quatre-vingts pages de *Sire* où il avait fort bien servi son prince.

Vous avez d'abord hésité : demi-exil en France ou exil à l'étranger ? Je vous avais suggéré un moment le Bourbonnais qui ne manque pas de donjons encore habitables couronnant des collines boisées. Si l'on ne s'approche pas trop des villes, on y entend un savoureux français où l'on roule les *r* et l'on dit *le roué* (le roi), comme sous Louis XIV. Votre étendard aux armes des Bourbons déployé au sommet du donjon se serait parfaitement harmonisé au paysage. C'est pourquoi vous avez fort bien fait d'écarter cette fausse bonne idée. Un exil, c'est une rupture, presque une souffrance. Devenu gentilhomme campagnard, le « roué » n'aurait guère souffert d'éloignement dans ce Bourbonnais si paisible et vous auriez été vite rattrapé par tout ce que vous aviez voulu quitter.

Vous aimez la mer. La mer sacralise. Vous aviez

été attiré par une petite île bretonne au large de Paimpol, Saint-Trec, ancien ermitage de moines irlandais. Elle est séparée du continent par un chenal semé de bancs de sable et de rochers au milieu d'un courant bouillonnant. Il y a une jetée minuscule impraticable par gros temps. Les coups de bélier des vagues la frappent de plein fouet. On aborde généralement par la plage. L'île est inhabitée depuis longtemps. A l'abri des vents dominants, dans une sorte d'étroit vallon, s'élèvent une chapelle en ruine et une petite maison basse qui a conservé son toit. Un puits, dans la cour, donne encore. On pourrait vivre là, mais rudement. Un royaume d'un demi-hectare qu'on découvre en grimpant sur un rocher où est plantée la croix de Saint-Trec, une très vieille croix celtique sculptée dans du granit rose. Le royaume, à marée basse, décuple sa superficie. Des îles de sable surgissent de l'eau, des rochers couverts d'algues luisantes, et puis la marée s'inverse et engloutit à nouveau le royaume. On y voit parfois des phoques qui ressemblent à des messagers égarés venus d'autres royaumes perdus. Vous aviez été tenté, jusqu'à ce que Monclar vous fît remarquer qu'en louant ou achetant cette île comme on vous le proposait (« par droit de conquête, soit, mais pas de cette façon », avait-il ajouté) et en vous fixant à Saint-Trec, en territoire français, comme un quelconque propriétaire ou résident secondaire, vous acceptiez implicitement de retomber sous la férule des lois de la République.

Vous avez finalement renoncé à l'île française en

disant : « On y reviendra le moment venu... », et vous avez choisi l'Écosse. Les Highlands, naturellement. Et dans les Highlands, la côte ouest, la plus sauvage, un cap battu par les vents, sur le Minch, face aux Hébrides.

Un joli clin d'œil à l'Histoire, Monseigneur.

Permettez-moi de rafraîchir la mémoire de nos lecteurs. Quand le roi d'Angleterre Jacques II Stuart, roi d'Écosse sous le nom de Jacques VII, fut détrôné en 1688 par son gendre Guillaume II d'Orange, c'est en France qu'il trouva refuge, à la cour de Louis XIV qui lui donna le château de Saint-Germain-en-Laye assorti d'une royale dotation. Et à quoi s'occupe un roi en exil s'il n'a pas perdu tout caractère ? A reconquérir son royaume. Le château de Saint-Germain devint un nid de complots. N'aimeriez-vous pas comploter, Monseigneur ? Des émissaires galopaient ventre à terre sur les chemins de Bretagne et de Normandie, embarquaient par des nuits sans lune à bord de cotres de pêche puant le hareng qui les déposaient, trempés, sur de méchantes plages de galets signalées par les torches des conjurés, là-haut, au nord, dans les Highlands, tandis que sur les sentiers de guet patrouillaient les habits-rouges de la cavalerie de Guillaume. La plupart des clans écossais étaient restés jacobites, partisans des Stuart (*Jacobus*, en latin, veut dire Jacques). Lorsque dans les banquets, en public, les jacobites portaient un toast au roi, ainsi que le prescrivait le protocole, ils prenaient soin, avant de lever leur verre, de lui faire faire un court passage juste au-dessus d'une carafe d'eau, ce qui signifiait, entre initiés, qu'ils buvaient au *roi au-delà de la mer*, et non à l'usurpateur de Londres. Beaucoup payèrent ce geste-là de leur liberté et de la confiscation de leurs biens. Plaisante coutume. Maintenant que vous voilà exilé en Écosse, Monseigneur, que ne suggérez-vous à vos propres jacobites orphelins réunis dans une arrière-salle de restaurant à Versailles ou à Bordeaux de célébrer de la même façon, verre en main, leur roi au-delà de la mer ? Comparés aux intrépides highlanders, certes ils ne risqueraient rien, mais ce serait tout de même un début, un timide avant-goût de complot, un fugitif parfum d'aventure qui ferait frémir leurs narines de royalistes de week-end. Au moins rêveraient-ils de vous, mieux que si vous restiez à Paris...

L'aventure jacobite se poursuivit crânement pendant près de soixante ans, sous trois souverains ou prétendants exilés : Jacques II (Jacques VII d'Écosse), son fils Jacques III (Jacques VIII d'Écosse), et le fils de ce dernier, l'inoubliable Bonnie Prince Charlie, Charles Édouard Stuart. Six fois les clans se soulevèrent, frôlant le succès à deux reprises. Le jeune Jacques VIII, âgé de vingt ans, débarqua en Écosse en 1708, puis à nouveau en 1716, avec l'appui des vaisseaux du roi de France. La furie écossaise en tartan gagnait les batailles face à l'Anglais et puis les clans rentraient chez eux – les highlanders étaient des guerriers, pas des militaires, ils n'aimaient pas les longues campagnes –, ne laissant en pays conquis que de maigres contingents qui se faisaient aussitôt massacrer par les habits-rouges revenus.

Le printemps de 1746 vit l'écroulement définitif des espérances jacobites et c'est ainsi que Bonnie Prince Charlie fit son entrée dans la légende. Le prince n'avait aucune chance. Le roi de France l'a lâché. En raclant ses fonds de caisse jusqu'au dernier shilling, il est parvenu à armer deux petits navires. L'un est intercepté par la Navy, et l'autre, en se faufilant, débarque à Arisaig, sur la côte qui fait face à l'île de Skye, Charles Édouard et son armée composée de sept partisans et de quelques caisses de munitions. On lui conseille de rentrer chez lui. « Mais je *suis* rentré chez moi ! » répond-il. La suite tient de l'épopée, dommage d'être obligé de l'abréger. Le prince s'enfonce dans les Highlands par des chemins détournés en traînant son unique canon. Au château de Glenfinnan, une ruine moyenâgeuse, au sommet du donjon carré à demi éboulé, il fait hisser l'étendard royal et se proclame aussitôt régent au nom de Jacques III et VIII, son père, exilé en Italie. Les clans Cameron et MacDonald le rallient : douze cents hommes. Là, il surprend tout le monde. Avec douze cents hommes, marchant au sud, vers Londres, il s'en va conquérir l'Angleterre ! D'autres clans ont rejoint l'armée, à l'exemple des Mackintosh commandés par lady Mackintosh en personne, laquelle remplace son mari, qui a trahi : en tout une demi-douzaine de milliers d'hommes. Les highlanders bousculent les armées anglaises. Leur technique de combat ne varie pas. Ils poussent des hurlements affreux, des cris de guerre sauvagement rugueux en brandissant des épées, des haches, des lames de faux. S'abritant derrière leurs boucliers de peau de vache, ils foncent sus aux lignes des habits-rouges qui s'enfuient épouvantés. La bataille de Prestonpans dure dix minutes et le fantôme du général britannique sir John Cole court encore. En décembre, Charles Édouard s'empare de Derby, à deux cents kilomètres seulement de Londres. C'est Napoléon à Moscou. L'hiver vient, les communications avec l'Écosse s'allongent et menacent d'être coupées, les clans aspirent à rentrer chez eux, et les Anglais, qui ne sont pas écossais, s'obstinent inexplicablement à rester fidèles à leur roi allemand, George II, lequel ne parle que l'allemand et ne réside même pas à Londres, mais à Hanovre. Alors le prince ordonne la retraite. Les clans se débandent. Dernier acte : Culloden, près d'Inverness, au nord de l'Écosse, le 16 avril 1746.

Culloden, c'est un chant de gloire et de mort. Les highlanders combattent à un contre deux. Face à quinze régiments de ligne et deux régiments de dragons appuyés par de l'artillerie, commandés par le duc de Cumberland, second fils de George II qui allie en sa seule personne la morgue anglaise et la brutalité germanique, sont disposés plutôt mal que bien vingt-six clans, en kilt et tartan, le béret orné de la cocarde blanche jacobite en forme de rose à six pétales, cornemuses sonnant au premier rang. Le choix du terrain est catastrophique, une lande plate et nue qui semblait exactement faite pour le déploiement de l'infanterie entraînée à l'allemande de Cumberland, les charges de sa cavalerie et le tir en enfilade de l'artillerie qui crache des clous et de la ferraille. Le vent souffle sous un ciel lugubre. Il tombe de la neige fondue. Bonnie Prince Charlie, à cheval, l'épée à la main, porte une tunique en tissu écossais et un béret à cocarde blanche. Il est onze heures du matin. Les fusils des habits-rouges abattent les highlanders comme des pipes à un stand de foire. La mitraille couche dans le sang les premiers rangs des clans, provoquant des blessures horribles, déchiquetant bras et jambes. De ce massacre effroyable s'élève pourtant une clameur furieuse. Ce sont les deux mille survivants qui s'élancent, la dernière charge désespérée des clans, mais l'antique magie de la Haute Écosse a perdu son pouvoir d'épouvante. En face, les lignes ennemies ne rompent pas. Les régiments fraîchement débarqués composés de Hessois et de Hanovriens coiffés de la mitre militaire allemande tirent calmement, par salves meurtrières, se relayant comme à l'exercice, un genou à terre. La plupart des assaillants sont fauchés à mi-chemin. Les clans Cameron et Atholl parviennent seuls jusqu'au corps à corps. Encore leur faut-il franchir sous le feu des amoncellements de morts et de blessés. A midi, le son d'une cornemuse qui s'obstinait encore expira. La bataille était perdue. Elle avait duré à peine une heure. La cavalerie du duc de Cumberland se déshonora, achevant les blessés sur la lande, sabrant tout ce qui portait un tartan, morts et vivants.

Poursuivi par des milliers de soldats qui fouillaient le moindre hameau des Highlands et par toute une flottille qui le traquait d'île en île, Bonnie Prince Charlie en réchappa. On connaît sa fuite romanesque à bord d'un canot à misaine, déguisé en servante d'une très jolie jeune femme de Skye, l'immortelle Flora MacDonald. Flora est enterrée au petit cimetière de Kilmuir, enroulée dans un drap qui avait appartenu au prince. Sa tombe est constamment fleurie. Pour ma part, je n'y ai pas manqué. Encore aujourd'hui les jacobites viennent chaque année en pèlerinage à Kilmuir. Car tel est le miracle de cette histoire, Monseigneur. Le dernier prétendant Stuart, Henry IX, cardinal Henry Benedict Stuart, duc d'York et frère cadet de Charles Édouard, est mort sans descendance à Rome en 1807 – le prêtre-roi, la double grâce divine, n'est-ce pas une belle fin pour une dynastie ? –, mais il existe toujours aujourd'hui des jacobites qui arborent la cocarde à rose blanche et lèvent imperturbablement leur verre par-dessus une carafe d'eau à la santé du roi au-delà de la mer. Ils sont plus nombreux qu'on ne croit. L'un d'eux, pair d'Écosse et d'Angleterre, chef d'un des clans ayant combattu en 1746 à Culloden, a même condamné définitivement la grille d'honneur de son château, la grille réservée au roi, jurant qu'il ne l'ouvrirait à nouveau que pour un souverain Stuart ! Ils se réunissent régulièrement. Ils ont leurs lieux de culte, leurs pèlerinages, leur liturgie. Le roi ne reviendra jamais. Il s'en est allé au-delà de la mer, absorbé par les brumes lointaines de l'espérance. Les jacobites ont tiré un trait. Ils sont les sujets d'un roi qui n'a plus ni terres ni royaume, mais qui règne pour l'éternité. Vive le Roi ! Je me demande parfois, Monseigneur, si cette parfaite épure d'un roi s'éloignant en exil perpétuel, transcendé par le temps et par la distance, n'est pas ce qui conviendrait aux derniers royalistes français...

LES Stuart s'étaient exilés en France et vous voilà exilé à votre tour d'honneur en Écosse. Les deux cent cinquante ans qui nous séparent de Culloden ont complètement bouleversé la donne, mais bien que vous n'ayez même pas en main la moindre des plus petites mauvaises cartes qui composaient le désolant jeu perdant de Charles Édouard, le parallèle ne manque pas d'allure. Il existait sans doute d'autres choix, mais aucun qui ne soit capable d'irradier une telle force symbolique. L'Écosse est propice aux attitudes élevées.

En Écosse, nul ne vous accueillera. C'est précisément ce que vous souhaitiez. A l'exception de lord XY, vous n'avez prévenu personne de votre arrivée. Le petit aéroport provincial d'Inverness (aucune liaison directe avec la France, seulement des vols domestiques) est situé à peu de distance du champ de bataille de Culloden. La boutique y vend des reproductions du portrait de Bonnie Prince Charlie au matin du combat (qu'on trouve chez tout bon highlander, chez moi aussi, pourquoi pas chez vous) et la planche en couleurs des tartans des vingt-six clans, ainsi que de multiples ouvrages qui célèbrent leur héroïsme. Tant de vies fauchées pour rien, tant de sang versé inutilement... Double reproche que l'on adresse souvent au prince Charles Édouard tout comme à votre illustre tante Madame la duchesse de Berry qui tenta de soulever la Vendée en 1832, une aventure que l'on a injustement qualifiée de pitoyable et sur laquelle je me propose de revenir le moment venu. Pour rien, certes, si l'on en juge par les résultats. Inutilement ? Ah non ! Le souvenir de Culloden réchauffe le cœur des Écossais, mais il déborde infiniment la seule cause perdue des Stuart pour s'étendre plus généreusement à tout principe royal sanctifié par le sacrifice et la vertu de fidélité. Peut-être estimerez-vous, Monseigneur, que ce genre de lyrisme est passé de mode. Je me suis laissé entraîner un peu loin. Mieux vaut reprendre la route.

Un peu moins de deux cents kilomètres séparent Inverness de la côte ouest battue par les vents qui s'engouffrent dans le détroit du Minch face à la pointe nord de l'île de Lewis. Deux cents kilomètres, à travers les Highlands, c'est presque un monde à traverser. Il n'y a plus guère que la Patagonie pour déployer une semblable solitude, une solitude en majesté qui ne soit pas le néant du désert. Non seulement on se déplace à la surface d'un paysage grandiosement dépouillé, mais c'est surtout en soi-même qu'on perçoit des mouvements profonds, une sorte d'intense regret de ce que l'on aurait pu être si l'on avait vécu en d'autres temps. Pour peu qu'il pleuve, ce qui arrive souvent, des rideaux de pluie brouillent la vue et l'on ne devine plus autour de soi qu'une immensité imprécise que l'on peut imaginer comme les confins d'un univers perdu. Après le sombre loch Assynt, l'étroite petite route écossaise se transforme en une chaussée encore plus étroite où les rares voitures ne peuvent se croiser qu'en des *passing places* aménagées de loin en loin, et qui s'en va sinuant vertigineusement jusqu'à l'amorce d'un cap dont je ne dévoilerai pas le nom. A partir de là, Monseigneur, nous resterons discrets sur la topographie des lieux. Un hameau d'une dizaine de feux abrité au fond d'une crique, canots remontés sur les galets, puis encore une bonne demi-heure de conduite par un chemin longeant la mer où presque personne ne s'aventure, et après un dernier virage en surplomb nécessitant une double manœuvre, on aperçoit enfin votre maison. Bonnie Prince Charlie y fit une pause de plusieurs jours lors de la grande traque de l'été 1746. Elle appartient à lord XY, chef du clan qui porte son nom. Jacobite incorrigible, ravi de renouer avec son rêve par souverain en exil interposé, il l'a mise à votre disposition toute meublée, avec son couple de gardiens. Pillée et incendiée par les habits-rouges, elle a été restaurée au XIXe siècle dans le style Walter Scott crénelé avec tout le confort d'époque et une petite tour carrée. Au balcon de l'unique étage, une longue lunette à trépied permet d'observer tout le Minch et la mer qui s'étend sans fin vers le nord comme un désert des Tartares maritime. Un mât de pavillons croisé d'une vergue est planté au sommet de la tour. Ce genre de mât a l'avantage d'offrir plusieurs drisses, l'une en tête, les autres plus bas, aux deux extrémités de la vergue. Il autorise protocolairement l'envoi de trois pavillons.

Vous voici donc, Monseigneur, dès votre arrivée, confronté à votre premier acte de souveraineté. Dans le jargon politique, on appellerait cela un *signe fort*. Vous avez apporté dans vos bagages trois pavillons de taille identique. L'un est l'emblème personnel de nos rois depuis la bannière de France de Charles VI, d'azur à trois fleurs de lys. C'est le vôtre. Là où il se déploie est le roi. Affirmant sa primauté, il sera envoyé en tête de mât. Le deuxième est le drapeau qui symbolisa la France sous le règne des Bourbons à partir de 1643. Esthétiquement admirable, blanc semé de fleurs de lys d'or, il a flotté pendant deux siècles à la poupe des vaisseaux du roi, à Versailles et aux Tuileries, sur les remparts de Pondichéry et les fortins de bois du Mississippi. Le comte de Chambord, Henri V, refusa de s'en séparer en 1873 et cela lui coûta le trône éjectable où il n'aurait fait que passer, ce dont il était persuadé. Vous n'avez pas plus de raisons que lui de renier le drapeau blanc, qui sera hissé, après le vôtre, à l'une des deux drisses de la vergue.

Pour ce qui concerne le troisième, notre tricolore national bleu blanc rouge, vous avez d'abord hésité.

Vous vous êtes souvenu que le roi Louis XVI, en juillet 1789, avait accepté la cocarde tricolore des mains de l'ineffable La Fayette, bien que celui-ci eût ajouté sentencieusement qu'« elle ferait le tour du monde en imposant la liberté », alors que le bon roi Louis XVI, précisément, n'avait déjà plus la liberté de la refuser. Notre tricolore national n'est pas le drapeau de la seule république. Deux empires et une monarchie, celle de Juillet, se sont relayés pour nous le transmettre. Si vous conservez encore l'illusion, Monseigneur, de croire qu'il vous reste ne serait-ce qu'une chance sur mille de remonter sur le trône éjectable avec l'assentiment bienveillant du peuple, alors vous déciderez sagement, en effet, d'adopter en prime ce troisième drapeau dans l'égalité protocolaire avec le précédent. Il flottera sur l'autre drisse de vergue sans que l'un ne domine l'autre. Mais comme rien ne se présentera de cette façon, vous pourriez aussi bien vous en passer. Un argument de cœur et de poids, tout de même : des millions de Français, morts pour la France, se sont fait tuer sous ce drapeau qui flotte sur tous nos cimetières militaires. Au moins l'avez-vous choisi aux couleurs réglementaires d'origine, le bleu surtout, dit *bleu drapeau*, et non ce mièvre bleu de layette que l'on voit déployé comme une sorte de lingerie au fronton de nos ministères et jusque sur le palais de l'Élysée...

Chaque matin votre aide de camp-secrétaire-conseiller Monclar enverra dans le ciel d'Écosse ces trois pavillons et les rentrera chaque soir.

Vous êtes le roi.

Vous avez résolu d'être le roi.

Il faut bien commencer d'une manière ou d'une autre. Vous avez envoyé votre pavillon royal. C'est le prologue.

Nous n'entrerons pas dans le privé de votre vie à *XY House* (ainsi se nomme votre maison). On peut imaginer une Flora MacDonald romanesque attirée par le jeune exilé. Pour le moment vous ne vous cachez pas, mais qui sait si vous n'aurez pas besoin un jour d'une complicité féminine pour vous enfuir... Vous vous êtes fait accompagner d'un certain nombre de malles et de cantines. Vous lisez beaucoup. Bien qu'ils fissent référence à des événements vieux de plus de cent ans, les deux tomes magistraux de Daniel Halévy, notamment, *La Fin des notables* et *La République des ducs*, vous ont définitivement convaincu que le royaume que vous relevez et le règne où vous vous engagez sont par nature étrangers aux normes politiques françaises et ne sauraient se développer que d'une façon parallèle, en contrepoint. Vous vous êtes plongé dans les archives contemporaines de votre famille depuis le renoncement d'Henri V en passant par les combinaisons avortées du comte de Paris et l'émouvant tour de piste du merveilleux prince Alphonse interrompu par une mort tragique, et tout cela vous a paru très vain. Vous avez lu aussi Dominique de Roux : « Les gens de notre espèce, maintenant, devraient descendre dans les souterrains, s'y dissimuler, activement pénétrer la trame adverse, miner son dispositif... » Vous réfléchissez. Vous méditez.

Il vous arrive de prier. Contrairement à leurs compatriotes passés en masse à l'Église presbytérienne écossaise, les propriétaires de XY House sont restés obstinément catholiques. Mise à sac par les habits-rouges, la chapelle a été restaurée en même temps que la maison. Restait à trouver un occupant pour la niche vide, au-dessus de l'autel. La statue de pierre qui s'y dresse aujourd'hui, d'origine probablement gaélique mais sans identité connue, une femme debout, les mains jointes, dans une barque en train de sombrer, a été achetée chez un antiquaire de Iona. Ce sont les lords XY, de leur propre chef, qui l'ont baptisée sainte Mary du Minch, une sainte hautement improbable. On lui doit tout de même quelques miracles dont le lord, votre hôte, est très fier, des pêcheurs pris par la tempête, dans le Minch, précisément, et sauvés bien qu'ils fussent presbytériens après avoir invoqué une sainte qui les faisait pourtant doucement rigoler au pub du hameau voisin. Deux petits navires en ex-voto, datant du début du siècle, sont pendus aux poutres de la chapelle. Va pour sainte Mary du Minch. C'est elle qui préside à vos prières. Rien ne vous empêche d'essayer ce truchement-là, puisque tous les autres semblent avoir échoué.

Vous vous ennuyez aussi un peu. C'est vrai que l'endroit est isolé et que nous entrons dans l'hiver, mais rassurez-vous, votre solitude ne durera pas. En France, vos fidèles lambda s'interrogent. Le bruit court d'un long voyage, si long que vous espérez que s'opérera un tri parmi eux, écartant pour le moment les émotifs de week-end, les groupies du jeune prince charmant, ceux que vous considérez, mais avec indulgence et affection, comme des royalistes de maintenance, alors que vous avez décidé que maintenir, désormais, ne suffisait plus. Ceux qui étaient dans le secret de ce que l'on peut appeler à présent une conspiration, vos intimes, laissent filtrer des informations. On vous aurait vu à Punta Arenas, aux Marquises, dans le Montana, à Harrar, à Timor, et comme le dit la chanson, ne sait quand reviendra. Ce prince-là ne reviendra pas. Il s'est dépouillé de sa chrysalide. Il lui est poussé des ailes de roi. Que sainte Mary du Minch le protège...

Il neigeait fort sur le chemin, et le soleil, à quatre heures, se couchait déjà derrière les Hébrides, quand le premier de vos visiteurs a frappé à la porte de XY House. C'est un garçon d'une trentaine d'années. Vous le connaissez. Il fait partie de ceux que vous avez mis dans le secret et qui partagent et approuvent vos projets. Vous lui avez envoyé le signal convenu. Il a plaqué pour quelques jours le cabinet d'un ministre où il s'emploie brillamment à rédiger notes et discours. Nous l'appellerons Bohémond. Royaliste à dix-huit ans, Maurras, Boutang et tout le juvénile tremblement, il vous a applaudi, naguère, lors des banquets du dimanche. Il avait jugé que vous valiez mieux que cela. Il vous avait, en quelque sorte, placé en réserve de cœur et d'âme, tout en franchissant lui-même avec succès les premiers échelons du pouvoir dans les cabinets ministériels de la République. Quelques courtes conversations avec vous, récemment, avant que vous ne quittiez Paris, et il a sauté le pas : fonctionnaire de la République, mais d'abord pour servir le roi. Considérant votre drapeau en tête de mât sur la tour carrée, c'est la question qu'il vous a tout de suite posée : « Qui êtes-vous à présent, Monseigneur ? » Et vous avez répondu : « Je suis le roi. » Il est le premier à vous avoir appelé *sire* et il n'en a pas fait tout un plat. Cela lui est venu naturellement. Vous ne l'avez pas contredit. Il a votre âge. Vous vous êtes compris. Sur la grande table de votre bureau, près d'un poêle victorien chauffé au charbon, tandis que dehors le vent du nord rameute, vous avez étalé des cartes marines, celles des côtes bretonnes et normandes. Vous avez parlé longuement, marquant au stabilo des noms de lieu sur le rivage, surtout des îles. Bohémond vous a dit : « Dans ma compagnie [vieille appellation des guerres de Vendée], nous sommes neuf, avec deux bateaux... » Et Monclar prenait des notes qu'il a ensuite enfermées, ainsi que les cartes repliées, dans une cache dissimulée à l'intérieur d'un mur épais. Bonnie Prince Charlie y avait laissé, avant d'embarquer, une bourse de guinées d'or pour secourir les familles des pêcheurs dont les canots avaient été incendiés lors de la grande traque de 1746. Les habits-rouges ne découvrirent jamais la cachette...

Bohémond a repris le lendemain matin la route d'Inverness, emportant roulé dans son sac un pavillon bleu à trois fleurs de lys. Vous en avez toute une pile, pliés dans une malle. Ce sont vos seules armes. De même qu'on parle d'un tir à blanc, l'opération projetée est une opération blanche.

D'autres sont venus au cours de l'hiver. Jamais ensemble. Vous avez établi la règle élémentaire commune à toutes les conspirations, celle qui assure, au moins pour un temps, la sécurité : le cloisonnement et le mutisme. Ils ne se connaissent pas entre eux, et s'ils se connaissaient déjà pour avoir fréquenté naguère les mêmes milieux royalistes, ils ignorent l'un comme l'autre leur nouvel engagement. Ils sont jeunes, mais déjà lancés dans l'existence. Beaucoup exercent avec succès des fonctions de responsabilité là où leur talent les a placés. Le seul fait d'avoir entrepris tout ce voyage pour arriver jusqu'à vous au septentrion de l'Écosse a réveillé leurs élans endormis. Ils ont respiré l'air vif de l'aventure. C'est lord Byron à Missolonghi, Cadoudal entrant clandestinement dans Paris, tout de même autre chose que d'organiser des forces de vente ou des campagnes de communication. Le secret les stimule prodigieusement. Conjurer conjure l'ennui. Vous leur offrez une double vie et vous n'avez pas été étonné : ils vous ressemblent, bien peu se sont récusés. Chacun de vos visiteurs est le « capitaine » d'une compagnie dont l'effectif ne dépasse pas dix conjurés qui se sont aussi imposé le silence, condition première de leur recrutement. Vous espérez une cinquantaine de compagnies au printemps prochain. Rien à voir avec la Cagoule ou l'O.A.S. Elles ne s'entraînent pas militairement. Elles ne sont pas des commandos Delta. Concession au romantisme historique (Dieu merci, c'est encore de votre âge, Monseigneur), vous leur avez donné les noms des anciennes paroisses insurrectionnelles de l'Armée catholique et royale : Le Puy Saint-Bonnet, Legé, La Verrie, Les Aubiers, Les Mauges, Chavagnes-en-Paillers, La Poitevinière, etc., ou encore ceux des chefs vendéens, Charette, Lescure, Bonchamps ou La Rochejaquelein. Si par malchance ou maladresse l'affaire est éventée trop tôt, on ne la prendra pas au sérieux, on croira à une bande de rêveurs folklo et cela fait d'ailleurs pas mal de temps que les Renseignements généraux ne daignent plus infiltrer les derniers carrés des royalistes résiduels, les jugeant avec raison parfaitement inoffensifs. Vous-même avez pris le nom de code de Sainte-Mary, avec un *y*, cette sainte qui n'a sans doute jamais existé : on reste dans le domaine de l'improbable, celui-là même où vous vous placez.

Au fur et à mesure des entretiens avec vos capitaines, les objectifs de chacun ont été fixés et les noms des compagnies désignées portés sur vos cartes du littoral aux points d'intervention choisis. L'horaire des marées a son importance. Plusieurs dates ont été retenues au printemps. Le mois de mars n'était pas terminé que vous les aviez, vos cinquante compagnies, chacune pourvue du pavillon royal reçu de vos mains à XY House : l'essentiel ! Monclar s'est rendu deux fois en France pour coordonner l'opération. Le denier du prince a fonctionné, encore qu'il se fût agi de sommes minimes : comme dans l'ost des anciens rois, chaque féal s'équipe à ses frais. La météo s'annonçant favorable, enfin le signal a été lancé : *On fêtera la Sainte-Mary à la date n° 3.* A Inverness vous avez sauté dans le premier avion pour Londres, puis à Londres dans celui de Bruxelles. Là, une voiture vous attendait (les passeports ne sont plus contrôlés au poste-frontière de l'autoroute franco-belge). Elle a roulé toute la nuit. Deux chauffeurs se relayaient. Au matin elle vous déposait sur la cale d'un charmant petit port, non loin de Paimpol, où de sympathiques plaisanciers étaient en train d'embarquer dans leurs annexes des sacs de marin, des paniers de vivres et des glacières de pique-nique pour une petite croisière en mer. La marée montait. Au mouillage, les bateaux béquillés commençaient à flotter. Le soleil brillait déjà dans un ciel bleu sans nuages. Une journée de printemps bénie…

A la même heure, la même scène se répétait en une quarantaine de points sur la côte, de Granville au golfe du Morbihan.

Plus tard, une fois l'affaire exécutée, réussie, terminée et connue dans son ampleur – ce qui demanda un certain temps, car le gouvernement, puis l'opinion, ne savaient trop par quel bout la prendre –, on a tenté de vous faire passer pour un adolescent attardé, un mythomane irresponsable, un chevaucheur de chimères et de canulars. Sur le mode faussement apitoyé, on a laissé entendre que, tout de même, vous n'aviez plus l'âge des enfantillages. On vous a qualifié de boy-scout. On a feint de s'attrister du peu de sérieux dont avait fait preuve le descendant de nos rois. Les belles consciences républicaines versaient des larmes de crocodile sur l'héritage sacré des Capétiens échu en des mains débiles : comportement inconséquent, inconsidéré, indigne d'un prince moderne, citoyen, respectueux de son pays, etc. Le dernier quarteron des intellectuels royalistes vous a carrément accusé d'avoir ridiculisé la cause. Et puis votre communiqué de onze lignes est tombé, accompagné du choc de quarante photos. Alors on a changé de chanson.

Mais revenons aux faits, Monseigneur.

Nous sommes à la fin d'avril. En semaine, ce qui dégage la mer de ses marins du dimanche. Trois jours de beau temps assurés, vous pourrez offrir un cierge à sainte Mary du Minch. Tout ce que la plaisance traditionnelle bretonne comporte de royalistes décidés – conviction, parfum d'aventure, beauté du geste, anticonformisme, goût du pied de nez, le choix des motifs est vaste – a engagé ses bateaux dans l'affaire, voiliers, vedettes, canots pontés, et nombre de gros Zodiac équipés de puissants moteurs. Objectif : des îles, des îlots, souvent assez proches de la côte, certains rocheux et difficiles d'accès, la plupart inhabités et peu fréquentés en cette saison. Citons-en quelques-uns, du sud au nord : l'île Dumet, au nord du Croizic, les îlots de la rade de Penerf, d'autres dans le golfe du Morbihan, l'île Theviec, au large de Quiberon, l'île Verte à la sortie de l'Aven, l'île Tach dans les Glénans, l'île aux Moutons, l'île de Porscave au large de Lampau, celles de Rosservor, de Guénioc, de Stagadon, l'île de Sieck, près de Roscoff, l'île Milliau et l'île à Canton, en vue de Trébeurden, l'île de Bono, dans les Sept-Îles, l'île à Bois, près de Loquivy, Saint-Riom et Saint-Trec, en baie de Paimpol, le rocher de Rohein, en baie de Saint-Brieuc, l'îlot Saint-Michel, avant Fréhel, les Ébihens, en vue de Saint-Briac, l'île des Landes, au nord de Cancale, et d'autres plus aventurées, des phares non gardés, des balises de chenaux, comme au large de Cézembre, à Saint-Malo, des plateaux rocheux émergés pointant leurs dents de scie au-dessus de l'écume des courants où ont débarqué des équipages de jeunes gens en combinaison de plongée, équipés de cordes et de pitons.

Vous avez eu toutes les chances, Monseigneur. La mer était calme, la lune brillait, diffusant une pâle lueur suffisante pour se repérer. Enfantillages ou pas, il a tout de même été noté avec un certain étonnement que rien n'avait été laissé au hasard. Chacune de vos compagnies disposait d'un matériel identique : un pavillon royal et sa drisse, un sac contenant un mât aux couleurs démontable formé de tubes d'aluminium s'emboîtant les uns dans les autres, un sac de ciment rapide, des vis, des chevilles, de l'outillage, et une plaque de métal de la taille d'une plaque de rue avec une fleur de lys peinte à chaque coin encadrant l'inscription suivante :

PHILIPPE VII PHARAMOND
ROI DE FRANCE
A PRIS POSSESSION DE CES LIEUX
LE 29 AVRIL DE L'AN 2000

A trois heures du matin, toutes les plaques étaient apposées, vissées ou scellées, les mâts plantés, le pavillon flottant par une légère brise de nordet. Cinq phares et plusieurs balises et tours couronnés de la bannière de France signalaient aux mouettes et aux cormorans que le roi au-delà de la mer était de retour dans ses États. Aux Sept-Îles des milliers d'oiseaux s'envolaient et tournoyaient autour de l'emblème royal en poussant des cris perçants, tandis que trois fortins désaffectés des anciennes défenses avancées de Quiberon et de Concarneau reprenaient symboliquement du service sous le même drapeau aux frontières du royaume invisible. Il y a des variantes. Celle du Grand Bé, à Saint-Malo, est assez jolie. On sait que l'îlot où repose Chateaubriand est séparé du rivage durant plusieurs heures à marée haute, ce qui était le cas cette nuit-là. C'est la compagnie Boishardy – du nom d'un chef chouan local – qui a planté son mât au sommet du Grand Bé et fleuri le célèbre tombeau d'une gerbe barrée d'un ruban à votre nom : Philippe VII Pharamond, roi de France. Vous avez été beau joueur, Monseigneur : pourtant fidèle entre les fidèles et engagé dans le complot de la duchesse de Berry, Chateaubriand, au pied du mur, s'était tout de même défilé, adjurant la mère d'Henri V de renoncer et de rembarquer. Nul doute qu'il vous aurait donné le même conseil...

La plupart de vos compagnies n'ont rencontré âme qui vive. A l'île Saint-Riom, cependant, l'unique habitant, un fermier, entendant du bruit, s'est réveillé, habillé, et la carabine armée sous le bras, s'est glissé courageusement hors de chez lui pour tomber nez à nez, sous la lune, avec une dizaine de personnages en ciré jaune et tous coiffés d'un bonnet de quart de laine blanche orné d'une petite fleur de lys de métal, occupés à hisser un pavillon à la tête du mât qu'ils venaient de planter. Au moment où il épaulait sa carabine, l'un d'eux s'est avancé vers lui et a crié : « Arrêtez ! Au nom du roi ! » Et le bonhomme, sidéré, a ôté respectueusement sa casquette. Votre premier rallié, Monseigneur. Les gendarmes, quelques jours plus tard, n'ont pas pu lui tirer un mot. Il n'avait vu personne et il n'avait rien entendu.

C'est à l'île voisine Saint-Trec que vous avez vous-même débarqué à la tête de deux compagnies. Vous vous étiez promis d'y revenir. La jetée était inutilisable. Un Zodiac faisait la navette entre les voiliers au mouillage et la plage. Un aumônier vous accompagnait. Son identité n'a pas été découverte, mais je la connais. Curé d'une obscure paroisse au sud de Paris, il n'a rien d'un aventurier. Quand on a su par la plaque commémorative scellée sur le mur extérieur qu'une messe avait été célébrée à minuit dans la chapelle en ruine de l'île, le porte-parole de l'épiscopat français a sauté sur le premier micro pour exprimer sa consternation devant cet inqualifiable mélange des genres, ce détournement du sacré indécemment utilisé au profit d'une entreprise aussi ridicule que condamnable... Ridicules et indécents étaient donc ces vingt jeunes gens agenouillés sur les dalles brisées, un ciel de lune en guise de toit, écoutant avec ferveur l'officiant qui prononçait en français (n'aggravons pas votre cas, Monseigneur) la première des trois oraisons *pour le roi* du missel catholique romain : « Faites, Dieu tout-puissant, que votre serviteur notre roi Philippe Pharamond, qui par votre grâce a assumé le gouvernement du royaume, reçoive un accroissement de toutes les vertus ; qu'il évite l'horreur du vice et puisse parvenir heureusement jusqu'à vous qui êtes la voie, la vérité et la vie. Par notre Seigneur Jésus-Christ, votre Fils qui étant Dieu, vit et règne... » Et tous les visages se sont tournés vers vous. Plus rien ne comptait, le passé, le présent, même l'avenir. Le royaume n'est pas de ce monde. Il ne l'a jamais été. C'est pourquoi le roi existe. Procédant de l'ordre divin, il n'est que la préfiguration de l'espérance transmise de souverain en souverain. Irréel instant, certes, mais de quoi avons-nous besoin, à présent, dans ce pays qui s'éloigne de nous, si ce n'est de ces instants-là...

Le lendemain soir, tous les bateaux avaient rejoint

les ports d'où ils étaient partis la veille au matin. Dispersés de Cherbourg à La Baule, ils n'avaient pas attiré l'attention. Les équipages ne se sont pas attardés. C'est la seule chose qui a vaguement surpris les vieux crabes de quai qui les observaient : contrairement à la coutume, pas de petit muscadet à l'*Abri des Flots* ou à l'*Étoile du Marin*. La même voiture vous a reconduit à Bruxelles d'où vous avez repris l'avion pour l'Écosse. Encore une fois, Monseigneur, le roi au-delà de la mer a eu de la chance. Votre dernier petit navire, celui qui avait occupé l'île Tach, aux Glénans, avait à peine retrouvé son poste d'amarrage dans le Fouesnant qu'une forte tempête s'est levée sur toute la Bretagne et le Cotentin. Aucun pêcheur n'est sorti en mer. Les vedettes pour Belle-Île et Groix, pour Chausey, pour Guernesey, les ferries de Saint-Malo et de Roscoff sont restés à quai. Pendant ces trois jours qui ont permis à vos chouans de reprendre le cours de leurs occupations, vos quarante pavillons ont flotté sans témoins sous un vent déchaîné. Un seul a été tout de suite repéré, celui du Grand Bé. On a cru à un canular, salué par un entrefilet goguenard en bas de page dans la presse locale.

La tempête enfin calmée, c'est seulement quand le premier ferry en provenance de Portsmouth s'est engagé dans le chenal de Saint-Malo en doublant la tour-balise devant Cézembre que le capitaine s'est aperçu qu'elle était inexplicablement surmontée d'un attirail métallique et d'un pavillon bleu inconnu qui n'avaient rien de réglementaire et ne s'y trouvaient pas auparavant. Repérant une plaque scellée au sommet de la balise, il a ajusté ses jumelles, épelant : « Phi… lippe… sept… Phara… mond… roi… de France. » Roi de France ? Roi de France ? Il a empoigné son portable et appelé la capitainerie du port. La même scène s'est reproduite à Roscoff quand le patron d'un chalutier rentrant de mer d'Irlande a vu claquer sur le toit de la lanterne du phare du Trou du Serpent, à la pointe de l'île de Batz, l'oriflamme aux trois fleurs de lys. Au fortin désaffecté de La Teignouse, au large de Quiberon, c'est la vieille corvette d'entraînement de l'École navale qui a repéré l'insolite drapeau. Un commando de débarquement armé a fait fuir quelques lapins et rapporté au pacha la teneur de l'inscription sur la plaque scellée au fronton du corps de garde. La Royale est restée la Royale. Tout en se posant mille questions, les midships étaient ravis. Vous pouvez compter parmi eux quelques ralliés de plus, Monseigneur. Les pêcheurs avaient repris la mer, découvrant à l'île aux Moutons, à l'île Verte, à Portsall et à Rohein, sur des rochers presque inaccessibles, un mât au socle cimenté et solidement haubané où flottait toujours votre pavillon, et une plaque dont le texte les a plongés dans la perplexité. Leurs commentaires, teintés de respect : « Ils n'avaient pas froid aux yeux et ils n'étaient pas manchots, ces gars-là… »

Tout cela – une vingtaine de sites sur quarante – a fini par atterrir sur le bureau du préfet maritime, à Brest. Des journalistes ayant eu vent de l'affaire se sont mis à gratter fébrilement du papier. Le ministère de l'Intérieur a vite donné le ton, avec un haussement d'épaules agacé : canular, sportif peut-être, mais débile… chimères fumeuses et anachroniques… nostalgie de collégien élitiste, etc. Les Renseignements généraux ont commencé par se planter. On a interrogé votre gardienne d'immeuble, à Paris, laquelle a répondu que Monseigneur avait résilié son bail depuis six mois sans même faire suivre son courrier. Bref, on ne savait pas où vous étiez. Le ministre, informé, a dit : « Ça ne tient pas debout ! A quoi joue-t-il ? » C'est alors que votre communiqué est tombé, onze lignes manuscrites, de votre main, sur papier à en-tête écussonné, déposé au siège de l'agence France-Presse. Vous en aviez pesé chaque mot :

> *L'action qui a été menée en mon nom dans la nuit du 29 au 30 avril est une action symbolique. Elle ne vise pas à replacer la France sous le gouvernement légitime de ses rois. Aucune des conditions de fond, religieuses, spirituelles, morales, sociales et politiques indispensables à une restauration, n'existe. Et cependant, je suis le roi. Je suis comptable envers Dieu du destin de mon pays. J'exerce le pouvoir de l'absence. Les Français qui ressentent en eux-mêmes cette absence me comprendront. Je les sais nombreux. Par-dessus la mer qui nous sépare, je leur adresse mon salut. Eux et moi formons le royaume.*
>
> *Philippe Pharamond.*

Quarante photos grand format accompagnaient et authentifiaient ce texte. Prises au matin, dans chaque compagnie, à l'instant de rembarquer, on y voyait le drapeau, la plaque portant l'inscription, avec le recul suffisant pour avoir un aperçu des lieux, rocher, mer, phare, chapelle, mais sans qu'y figurât, même de dos, aucun des nouveaux chouans. En revanche, chacune portait au verso la mention du toponyme et le nom de la compagnie : *Rochers de Portsall, 30 avril à 8 h 45, compagnie Stofflet...*

Difficile, désormais, de présenter l'affaire comme une plaisanterie. Il s'est même trouvé quelques commentateurs pour reconnaître du ton à votre déclaration. L'évocation du pouvoir de l'absence et d'une sorte de royaume intemporel a surpris, mais bien peu en ont approché le sens vrai. Question de longueurs d'ondes, de sensibilité : vous les avez pris à contre-pied. Les hauteurs d'âme n'étaient pas égales. C'est pourquoi le mot *complot* a été avancé. Du symbole on tombait à la politique, terrain connu. Va pour le complot... On ne s'est tout de même pas donné le ridicule – qui avait changé de camp, remarquez-le – de proclamer la République en danger, ce qui n'a pas empêché un collectif de députés citoyens appartenant à tous les partis de déposer sur le bureau de l'Assemblée un projet de loi abrogeant l'abrogation de la loi d'exil votée en 1950. On a entendu ce jour-là dans l'hémicycle quelques belles emphases républicaines « applaudies sur tous les bancs ». Et puis l'on s'est aperçu de deux choses qui compliquaient quelque peu le problème : d'abord que vous y étiez déjà retourné, en exil – les R.G. avaient fini par vous localiser, en Écosse –, ensuite que ni vous ni vos partisans n'aviez commis aucun délit. Tout en déclarant impossible une restauration, et que ce n'était pas cela que vous visiez, vous affirmiez seulement que vous étiez le roi. Aucune loi ne s'y oppose.

Il s'en est suivi cependant une jolie période d'agitation. De nombreux petits ports bretons ont vu débouler sur les quais gendarmes et policiers. A leur plus grand étonnement, ils sont tombés sur un bec : les riverains, interrogés, répondaient qu'ils n'avaient rien vu. Dans les cafés, on se taisait. Des voiliers, des Zodiac qui auraient pris la mer ce matin-là ? Peut-être bien que oui, mais on n'avait rien remarqué. Même les douaniers restaient muets. Votre aventure avait plu. Quelques bateaux ont tout de même été repérés et leurs propriétaires identifiés. Ils ont reconnu de bonne grâce qu'en effet ils avaient profité du beau temps pour s'offrir une petite virée en mer avec des amis, mais on n'a rien pu en tirer de plus. Il avait été envisagé de les poursuivre pour dégradation de biens appartenant à l'État, mais c'était jouer sur les mots et les photos prouvaient le contraire. Est-ce qu'on les accusait de quelque chose ? Non ? Alors ils n'avaient rien à ajouter. Nul n'était dupe, naturellement. Faute de mieux, on s'est contenté de les ficher. Maigre pêche. La plupart, grâce au cloisonnement, étaient passés à travers les mailles du filet.

Il restait à la République à effacer les traces de

l'affront : démontage des mâts aux couleurs et descellement de ces insolentes plaques, tout cela enfermé au secret dans une cave de la prévôté maritime de Brest. Opérations parfois hasardeuses, menées par des commandos de marine et des unités spéciales de la gendarmerie héliportée équipés de cordes et de pitons. On dit que deux mois après, Monseigneur, votre royal pavillon flottait encore sur certains de ces rochers...

Pendant ce temps-là, à XY House, votre solitude se peuple. Vous vous y attendiez, vous ne vous étiez pas caché. Parmi les visiteurs qui s'annoncent, vous en recevez certains, mais pas tous. Vous avez fait poser une barrière en travers du chemin privé en corniche qui conduit à votre maison. Recrutés au village par Monclar, quelques solides gaillards se relaient à cette sorte de poste-frontière. Plus tard les remplaceront par roulement des volontaires venus de France : service du roi. Aux journalistes, vous ne répondez pas. Vous n'accordez aucune interview. Vous interdisez votre porte aux photographes. Vous refusez le jeu des médias. Vous n'êtes pas une information, vous êtes le roi. Les seules photos de XY House et de son mât aux trois drapeaux seront prises au téléobjectif, depuis des bateaux, par une mer le plus souvent agitée, donnant une impression de distance voilée qui illustre exactement l'idée d'exil.

L'Écosse ne s'est pas enflammée pour vous, mais le *columnist* d'un quotidien d'Inverness a tout de même écrit que les Highlands, en vous accueillant, ne faisaient que rembourser la dette des rois Stuart en exil à l'égard des rois de France. Un émissaire du Foreign Office est venu sonder vos intentions et s'en est retourné diplomatiquement rassuré. Le consul de France à Édimbourg également, lequel s'est entendu dire : « Faites savoir à votre gouvernement que je m'en tiendrai, à la lettre, aux termes de ma déclaration du 29 avril. » Pendant quelque temps, cependant, on a vu des touristes équipés de jumelles et de téléphones qui affectaient de s'intéresser aux oiseaux de mer peuplant la falaise, tout en observant les allées et venues sur la route. La plupart étaient français. Au pub du village, discrètement, on s'écartait d'eux. Et puis ils se sont raréfiés, jusqu'à vider définitivement les lieux de leur présence. On a commencé à vous oublier. Vous vous estompez peu à peu dans les profondeurs du silence comme une ombre qui disparaît en s'enfonçant au cœur de la forêt.

Ce silence a été rompu une dernière fois à la mi-mai par vingt-quatre coups de canon : la salve royale ! Un unique petit canon, à l'avant d'un unique petit bateau, un de ces vieux dragueurs de mines en bois qui servent encore à l'entraînement des réservistes de la Navy. Celui-là était commandé par un réserviste écossais, précisément, un jeune lieutenant de vaisseau qui accomplissait sa période annuelle. Doublant le cap où se dresse la maison et apercevant vos trois pavillons flottant dans un ciel gris et bas chargé de pluie, son cœur de highlander jacobite a parlé. Il n'a pas pu résister. La ridicule pétoire a tonné vingt-quatre fois tandis qu'à l'arrière de la fière barcasse le *white ensign* de la Navy, abaissé puis rehissé, saluait le souverain exilé et que l'oriflamme bleu du roi de France répondait de la même façon. Dans le Minch haché de rageuses vagues sombres, on n'apercevait nul autre navire. Les falaises désertes de l'île de Lewis, en face, semblaient annoncer à travers les nuages une terre qui n'avait pas encore été découverte, balisée par un phare à trois éclats, au nord, qui se dressait sur un rocher comme le jumeau septentrional du phare du Bout du Monde de Jules Verne. La scène ne manquait pas d'une certaine grandeur nostalgique. Le jeune commandant de la vieille baille devait avoir à peu près votre âge, Monseigneur. De la terrasse, avec vos jumelles, vous pouviez à peine entrevoir son visage, et lui, dans le vent et la pluie, sur l'aileron de sa petite passerelle, ne distinguait que votre silhouette qu'il perdait et retrouvait au hasard de la houle désordonnée qui secouait en tous sens son bateau, mais vous vous êtes reconnus sans vous connaître. Le même petit pincement à l'âme, au même instant, une brève et intense communion. Le royaume n'est pas de ce monde et cependant il existe : c'est ce que vous vous disiez clairement sans parler, sans pouvoir échanger ne serait-ce qu'un regard, et cette pensée vous unissait.

L'écho de ces vingt-quatre coups de canon a fini par être entendu dans les bureaux des Lords de la

Mer et dans quelques rédactions de journaux qui ont fait mousser l'affaire. Il y eut les pour et les contre. Les Britanniques adorent ce genre d'histoire. Les Français beaucoup moins. On a frisé l'incident diplomatique. La République a exigé des excuses et n'a obtenu que des regrets, puis chacun a jugé sage de laisser retomber le soufflé. Frappé d'une sanction de principe, le jeune officier écossais ne s'est pas dérobé. Il a simplement déclaré : « J'ai estimé qu'il était digne et conforme aux lois de l'honneur et de l'hospitalité de saluer le roi au-delà de la mer. » La phrase a été reproduite, et c'est ainsi, Monseigneur, que vous êtes devenu *le roi de France au-delà de la mer*. Après quoi l'actualité s'est chargée de vous reléguer au rang des notoriétés périmées. La surveillance policière qui avait été mise en place sur la route de XY House pour apaiser le gouvernement français a été définitivement levée. La garde des gros bras du village à votre dérisoire frontière est devenue inutile. Vous ne gênez plus personne. Vous n'intéressez plus personne. Vos trois pavillons flottent en vain. Votre solitude est exemplaire.

C'est alors que tout a commencé. Le pouvoir de l'absence...

Le pouvoir de l'absence a cheminé, en France. Nul ne le sait. On ne s'est pas donné le mot. Ceux qui font le voyage d'Écosse n'obéissent à aucune incitation organisée. Ce n'est pas un pèlerinage, seulement le désir et le besoin qu'on éprouve à engager humainement sa foi sur cette terre, à placer symboliquement ses mains entre les mains d'un suzerain dont le modèle s'est perdu, en France, à retrouver au XXIe siècle cette manière de pur lien féodal qui échappe aux fausses hiérarchies politiques, culturelles, économiques et sociales auxquelles nous sommes démocratiquement contraints de nous soumettre sans contrepartie spirituelle. C'est à cela que répond le pouvoir de l'absence. Votre absence, Monseigneur, n'est pas le vide. Elle agit au contraire comme un révélateur chez ceux qui aspirent à combler le vide.

Vos visiteurs sont arrivés d'abord un par un. Ils ont respiré l'air des lieux. Ils ont ressenti au fond d'eux-mêmes la sensation libératrice d'être ailleurs. Ils ont frappé à votre porte et ils n'ont rien demandé. Ils veulent simplement s'assurer de votre présence. Ils ont peu de choses à vous dire, seulement la satisfaction presque naïve de vous voir, de constater que vous existez, que ce que vous représentez s'est à nouveau incarné. Certains vont jusqu'à remercier Dieu, en priant dans votre petite chapelle. Ils sont jeunes, en général. Vous n'avez rien à leur répondre, sinon leur exprimer le bonheur et la fierté de savoir que eux aussi, ils existent. Ce sont en quelque sorte vos sujets. Peu à peu, ils se sont multipliés, comme des fourmis sur une trace neuve à travers un univers inconnu. Au fil des jours il en est venu tant et tant qu'à la longue, de retour en France, ils se sont reconnus entre eux. On ignore combien ils se comptent. Le secret a prévalu. Le secret est l'essence du renouveau.

Où cela va-t-il vous conduire ?

C'est vous qui me raconterez la suite, Monseigneur. Elle sera ce que vous en ferez. C'est une position hasardeuse que celle où je vous ai amené, mais pour peu qu'on y réfléchisse elle offre un certain nombre de voies. Vous pouvez vous replier sur vous-même et devenir pour l'éternité le roi au-delà de la mer. Ce n'est pas la plus mauvaise solution. C'est une porte de sortie qui ouvre sur l'infini, une histoire que vos sujets cachés se transmettront de génération en génération jusqu'à prendre les dimensions d'un mythe. On peut vivre aussi de mythes. Quelqu'un se demandera peut-être un jour lointain ce qu'est devenu ce roi qui avait choisi l'exil pour ne pas se perdre dans l'inanité quotidienne. On racontera qu'une lumière brille toute la nuit à la fenêtre de votre chambre et que des vaisseaux inconnus, tous feux éteints, viennent saluer votre pavillon…

Vous pouvez aussi bâtir, organiser, et même conspirer, pourquoi pas, tisser votre toile comme une sorte de chouannerie moderne, et d'allégeance en allégeance instituer ce royaume parallèle dont la trame irriguerait silencieusement le corps encore sain de la nation. L'Église catholique, en certaines circonstances, s'est revivifiée de cette façon-là. Mais ne revenez pas en France. Ne revenez pas douillettement en France. Ce serait renoncer au pouvoir de l'absence et il y a mille tournants où l'on vous attendrait…

Un mot encore.

Où est le risque ? Où est le sang versé ? Où est le

sacrifice ? Ce que je viens de décrire là manque quelque peu d'héroïsme. Le prince n'y est pas un héros. Tout juste un rebelle qui sort de l'ordinaire mais qui n'a pas engagé sa peau.

En quelque sorte, Monseigneur, c'était la version *soft* de votre possible destinée.

Il y en a d'autres.

UNE autre version.

Le prologue ne change pas. Vous avez choisi l'exil. Votre pavillon royal flotte sur la tour carrée d'XY House. Ceux que vous appelez les royalistes de maintenance et que vous tenez par amitié écartés de vos projets vous croient parti pour un long tour du monde. Le prince s'instruit en voyageant. Vous en avez fait courir le bruit. On vous aurait vu à Punta Arenas, aux Marquises, dans le Montana, à Harrar, à Timor… Seuls ceux qui sont dans le secret sont venus vous rendre visite en Écosse. Pas plus d'une vingtaine, ce sera suffisant. Peut-être n'en trouveriez-vous guère plus de vingt pour s'engager en coupant les ponts sur ce nouveau chemin. Sur la table de votre bureau, ce même hiver, une seule carte, cette fois, est déployée, zébrée de traits de stabilo. Avec Bohémond et Monclar, vous avez longuement parlé, pesant le pour et le contre. La conspiration a changé de nature. Il est établi d'avance qu'elle est vouée à l'échec et qu'il peut y avoir sang versé...

C'est pourquoi je me demande, Monseigneur, si le moment n'est pas venu de risquer la vie que je vous ai donnée. Souvenez-vous de Bonnie Prince Charlie. Souvenez-vous des rebelles de Dublin proclamant la République irlandaise – c'était leur royaume à eux – sur le seuil de la Grand-Poste avant d'être écrasés par les canons anglais. Et plus près de nous, chez nous, en France, souvenez-vous du dernier combat des insurgés légitimistes, quelques dizaines de fidèles rassemblés sous le drapeau blanc de l'« armée » de la duchesse de Berry. C'était en 1832, il y a cent soixante-huit ans seulement, un enjambement de six ou sept générations, peu de chose en réalité si la mémoire n'était pas devenue l'une des qualités les moins répandues chez les Français...

J'ai tout de même rencontré une vieille fermière au hameau de La Chezmare, dans le nord de la Vendée (*Chez Marc*, sur la carte 1224-E au 1/25 000e de l'I.G.N.), qui m'a raconté comment son arrière-grand-mère, alors une enfant, s'était trouvée au petit matin, dans l'étable où elle aidait à traire les vaches, face à la duchesse de Berry, en costume de jeune paysan, qui venait d'y passer la nuit en dormant cachée dans le foin. A l'entendre, c'était hier. Elle précisait même la date : 19 mai 1832. On pouvait imaginer, en l'écoutant, tant son récit jaillissait comme un souvenir toujours vivant, qu'elle avait été elle-même cette enfant esquissant une maladroite révérence et que la duchesse, en riant, avait embrassée sur les deux joues. Elle avait vu, de ses yeux vu, Charette – le fidèle neveu : Athanase de Charette –, ainsi qu'un jeune homme que la duchesse appelait Édouard et qui était son écuyer Édouard de Rézé, et aussi le paysan qui les avait guidés à travers la lande et dont le nom, ignoré de tous aujourd'hui, surgissait spontanément de sa mémoire : Jean Picheau. Tous quatre étaient arrivés à la nuit, crottés, trempés, ayant dû franchir des ruisseaux à gué, les vêtements déchirés par les ronces, et la vieille fermière me disait : « Les gendarmes de Philippe [le roi Louis-Philippe] les poursuivaient. Ils ont bien failli les attraper… » Elle m'a montré ce qui restait de l'étable – la ferme avait été reconstruite en 1920 –, seulement la base d'un mur au fond de la cour, conservée par fidélité, avec une fleur de lys et une date, au ras du sol, sur l'une des pierres : « C'est mon grand-père qui l'avait gravée, pour qu'on n'oublie pas. » La fermière s'appelait Mme Deniaud. Le fermier qui cette nuit-là avait au péril de sa vie reçu la régente de France sous son toit s'appelait également Deniaud : six générations au-delà. La ferme, aujourd'hui, n'est plus une ferme. Mme Deniaud y vit seule. Ses enfants habitent Nantes. Ils reviennent quelquefois pour le week-end. Ils ont des projets pour la maison. Une véranda, un garage neuf, une petite piscine. Le mur gênera. Il faudra le détruire. Peut-être devriez-vous, Monseigneur, sans trop tarder, aller saluer Mme Deniaud…

L'ultime insurrection royaliste…

Depuis 1832, la France a connu d'autres insurrections armées. Deux d'entre elles ont été saluées par l'Histoire du nom de révolution. Il en est qui n'eurent pas cet honneur et dressèrent pourtant des milliers d'hommes face au gouvernement légal. On sait ce qu'il est advenu de la dernière, pour le respect de la parole donnée, au printemps de 1961. Vous n'étiez pas encore né, mais pour les gens de mon âge la marque ne s'est pas effacée. Il y eut aussi des complots, des grands mouvements de foule dans la rue avec des morts et des blessés, des amorces de guerre civile, des barricades, des fusillés devant des murs, des affrontements sanglants, des feux de salve en plein Paris, comme en 1934, et des charges de cavalerie pour dégager la Chambre des députés assiégée. Ce bref rappel dans le seul but de souligner que parmi cette intéressante collection d'émeutes, de révoltes, de putsch, de soulèvements – sans toutefois retenir dans ce compte certaines manifestations d'autrefois (les Camelots) qui, pour musclées qu'elles eussent été, ne présentaient nul caractère insurrectionnel et ne sortaient pas du jeu politique toléré –, il ne s'en trouve aucun, pendant ces cent soixante-huit années, qui ait été conduit, précisément, au nom du roi. Vous avez été, Monseigneur, le grand oublié de toutes ces glorieuses journées : évacué de notre Histoire nationale.

Au moment d'y tenter votre retour, pour vous aider peut-être à vous déterminer, j'aimerais vous convier à un court voyage sur les traces de l'unique rebelle de votre famille, votre grand-tante, Marie-Caroline, duchesse de Berry, lors de son « équipée » (mot injuste) de 1832, au moins les vingt-trois derniers jours, du 17 mai au 8 juin.

Passons vite sur le début de l'aventure. Le roi de France, Henri V, a douze ans, mais c'est Philippe (Louis-Philippe), roi des Français, qui règne. Les légitimistes complotent. Ils se sont monté le bourrichon. Pour peu que la mère du jeune roi se proclame régente de France et débarque sur le sol français précédée de son étendard blanc, ils se voient aux Tuileries dans un mois. Marie-Caroline reçoit des centaines de lettres qui la supplient de se décider. Le célèbre avocat Berryer lui écrit : « Hâtez-vous d'accourir ou nous ferons le soulèvement sans vous ! » Chateaubriand en rajoute des tartines : « Le peuple ne nourrit contre vous aucun préjugé. Il plaint vos peines. Il admire votre courage. Il garde la mémoire des jours de deuil… La France, depuis la Révolution, n'a point encore vu une femme au timon de l'État. Dieu veut peut-être que les rênes de ce peuple indomptable soient renouées par une jeune princesse… » Abreuvée de romans de Walter Scott, la tête farcie de récits chevaleresques (« il y a dans le cœur de cette princesse de quoi faire vingt rois ! » signé : Berryer), la jeune princesse craque. Notons une différence, Monseigneur : vous n'avez reçu aucun appel de ce genre. Le peuple ne vous plaint ni ne vous admire. Il ne sait pas qui vous êtes. Chateaubriand et Berryer n'ont pas été remplacés. Walter Scott est devenu illisible. Vous ne vous faites aucune illusion. Marie-Caroline, elle, y croit.

Elle débarque près de Marseille le 30 avril. Elle s'est déguisée en mousse. Tout au long de ces deux mois, elle se déguisera souvent, en paysan, en servante, en fermière, en gentilhomme. Elle adore ça. Elle est gaie. Elle se cache dans une cabane de pêcheur en attendant le moment promis d'entrer dans Marseille, sous les acclamations, en phaéton tiré par deux chevaux blancs. Elle s'est fendue d'une proclamation : « La petite-fille d'Henri IV, etc. Ralliez-vous au drapeau blanc… Je me place avec confiance au milieu de vous… Vive le Roi ! Vive Henri V ! » On attendait deux mille insurgés. Il en est venu péniblement soixante qui parcourent bravement la Canebière en criant : « Pour Marie-Caroline et Henri V, Vive le Roi ! » La garnison ne s'est pas soulevée et il suffit de quelques soldats de Philippe pour les disperser. C'est raté. Dans la cabane on tient conseil autour d'un feu de bruyères. Le petit état-major est consterné : « Tout est perdu. Le canot attend. Que Votre Altesse Royale se hâte… » Le mousse s'est habillé en cavalier. Dehors, les chevaux sellés sont prêts. La princesse a un sourire éclatant. Elle balaye les jérémiades. Elle dit : « Messieurs, en Vendée ! »

Des courriers la précèdent, galopant par les chemins creux, porteurs de missives qu'elle a écrites de sa main avec de l'encre sympathique. Je me souviens de cette encre-là, généralement du jus de citron qu'on révèle en chauffant le papier : quand j'étais enfant, nous en faisions une grande consommation pour jouer aux conspirateurs. Marie-Caroline conspire. Elle conspire gaiement. Êtes-vous gai, Monseigneur ? Elle change de nom et de vêtements chaque jour. Un numéro à transformation. Tantôt comtesse de La Myre, tantôt Mrs Anderson (elle pouffe de rire en baragouinant de l'anglais avec l'accent napolitain), ou encore nièce de négociant suisse avec le rustique costume de voyage qui convient, ou encore Laurent, quand elle est un jeune paysan, et enfin Petit-Pierre jusqu'au dénouement, tandis que sa romanesque dame d'honneur, Eulalie de Kersabiec, devient Petit-Paul. Sur la route, on la reçoit de château en château. Elle y arrive à la nuit tombée, déguisée. Elle refuse de s'apercevoir que plus elle se rapproche de la Vendée, plus les mines de ses hôtes s'allongent. On lui assure que rien n'est prêt. Que les esprits se sont retournés depuis 1793. Que les paysans resteront chez eux. Que le complot est éventé, que des régiments philippards convergent vers les départements de l'Ouest et quadrillent déjà la campagne. Elle n'entend rien de tout cela. Elle sourit et elle dit : « Peu m'importe. Robert Bruce [toujours Walter Scott] ne monta sur le trône d'Écosse qu'après avoir été vaincu sept fois. J'aurai plus de constance que lui… »

Le 17 mai 1832, Petit-Pierre fait son entrée en Vendée, habillé d'une veste noire à boutons de métal, d'un pantalon de coutil bleu et d'une blouse de paysan, en perruque de faux cheveux châtains surmontée d'un bonnet de laine, les sourcils noircis au charbon, et saute avec entrain de son cheval dans la cour du château de La Preuille où l'accueillent, chapeau bas et courageusement résignés, Charette et un petit groupe de chefs conjurés restés fidèles à la parole donnée. Bohémond et Monclar, en quelque sorte, à cette différence près, Monseigneur, que ceux qui se sont enrôlés à vos côtés se font encore moins d'illusions sur le succès de votre « équipée », mais qu'ils n'auront pas un mot – au contraire – pour vous en dissuader. Le château de La Preuille n'est plus habité aujourd'hui. Il a été acheté avec son vignoble par un producteur de muscadet et ne sert plus qu'à justifier une appellation contrôlée avec « mise en bouteille au château ». Entre l'actuel propriétaire M. Dumortier et le colonel vicomte de Nacquart qui fut l'hôte de Marie-Caroline cette nuit-là, l'esprit des lieux s'est envolé en emportant la trace pieusement conservée de quelques gouttes de sang – la duchesse s'était blessée à la main – sur le plancher du salon. A tous ces visages consternés qui l'entourent, Petit-Pierre fait don de son joli rire jeune et frais, mais la comédie est finie. A trois heures du matin surgit de l'ombre un messager. La lettre annonce le désistement d'un des groupes d'insurgés les plus importants. Elle est signée du marquis de Coislin, général en second de l'armée de Mme la duchesse de Berry, lequel rentre dans ses foyers : « Il faut tout arrêter, Madame, et repartir sans délai. »

D'autres émissaires à cheval se succèdent, annonçant d'autres défections. L'armée n'existait que sur le papier, des listes qu'on avait établies au cours de réunions secrètes où l'enthousiasme communicatif faisait oublier la réalité : c'était tellement excitant de conspirer. L'armée de Mme la duchesse de Berry a fondu des neuf dixièmes dans la nuit. Des régiments improbables se dispersent sans s'être jamais rassemblés. Au moins n'avez-vous pas levé une « armée », Monseigneur : parmi les vingt compagnons qui se préparent à vous suivre, aucun ne manquera à votre appel...

Deux heures avant le lever du soleil il faut fuir. Des colonnes de gendarmes philippards ont été aperçues à une petite lieue de La Preuille, sur la route. On traverse des rivières à gué. Madame glisse et tombe à l'eau. Charette y saute et l'en retire. Ils n'ont plus un fil de sec. La perruque de Petit-Pierre a été emportée par le courant et la duchesse la regarde en riant se faufiler entre les tourbillons, sous la lune. On fait halte pour se sécher au château du Mortier (il a été rasé depuis), avant de s'arrêter enfin à Bellecour où l'on se cache chez un armateur nantais, M. Victor Delaville. L'esprit des lieux, là aussi, a pris son vol jusqu'au pays de l'oubli. La gentilhommière est inoccupée, à la limite de l'abandon. Des pièces tristes et vides. Des carreaux cassés. Le propriétaire qui l'a achetée à la dernière des Delaville s'est fait construire un F4 dans ce qui subsistait du jardin. La banlieue de Nantes n'est pas loin, l'autoroute à cinq kilomètres. Il y flotte déjà l'odeur désolante d'une opération immobilière. Les communs abritent un syndicat agricole. Le jour où j'y suis passé, mon *Man' d'Arc* de La Varende à la main, de gros costauds arrivés en tracteur y tenaient une sorte de conseil de guerre. Ce sont les conspirations d'aujourd'hui : on déverse des tombereaux de fumier dans la cour des sous-préfectures et l'on balance des carcasses puantes de cochon à travers les vitres des perceptions au nom du prix du kilo de porc. La duchesse de Berry ne s'y est pas attardée. Après une journée d'errance sous la pluie – il ne cessera plus de pleuvoir durant toute la durée de l'« équipée » –, claquant des dents, souriant toujours, Petit-Pierre a enfin trouvé refuge chez la bonne Mme Deniaud, à La Chezmare, où elle a enfin pu dormir quelques heures, cachée dans le foin de l'étable, en cette nuit du 19 au 20 mai.

Si peu qu'ils se comptent après tant et tant de défections, des hommes, à présent, vont mourir. Avant de vous engager vous-même, Monseigneur, on peut méditer là-dessus. Mourir pour qui, pour quoi ? Que reste-t-il aujourd'hui de tout cela ? Est-ce que cela a changé quelque chose à quoi que ce soit ?

La tragédie va se jouer à l'intérieur d'un triangle rectangle de trente kilomètres de côté, au sud de Nantes, l'angle supérieur se situant à Rézé, sur la rive gauche de la Loire, juste en deçà du périphérique. Aujourd'hui, un mouchoir de poche, moitié grande banlieue, moitié campagne. On devine déjà, entre les deux, qui finira par avaler l'autre. L'autoroute A 83 permet de le traverser du nord au sud en un quart d'heure et le réseau des départementales qui la doublent a été élargi à trois ou quatre voies. Transversalement, on circumnavigue de camembert en camembert (ces fameux ronds-points dits anglais) en longeant une succession de hangars géants badigeonnés de couleurs criardes à l'enseigne de Conforama, Intermarché, Casino, Bricorama, But, Mousquetaires, etc., avec leur escorte habituelle de vassaux : stations-service, garden centers, Buffalo et autres MacDo (ô Flora MacDonald...), tout cela hérissé d'oriflammes commerciales qui sont les seuls drapeaux qu'on voit maintenant flotter sur ce pays, hormis ceux des bâtiments officiels et des stades de foot où se produisent nos mercenaires nationaux. Est-ce là votre royaume de France, Monseigneur ? Ayant échappé à cette vérole, quelques gros bourgs historiques émergent tout de même avec leurs remparts tronqués et les ruines classées de leur château, Clisson, Montaigu, Legé, Saint-Philbert, où patrouillaient les gendarmes de Philippe tandis que d'infimes groupes de conjurés se cherchent dans la nuit, sous la pluie, à travers la lande.

La lande, on la perçoit encore. Il n'y a pas si longtemps qu'elle a été dévorée. Il en subsiste des morceaux épars qui n'ont pas été digérés, cernés aux confins de la banlieue par des garnisons de nains de jardin embusqués derrière les barrières blanches de leurs jardinets citoyens. Au sud du triangle elle est presque intacte, vers Rocheservières et Vieillevigne, mais les routes vicinales et les entrées de ferme sont goudronnées. Là où il fallait à Petit-Pierre une nuit de marche harassante pour fuir d'un refuge à l'autre, aujourd'hui vingt minutes en voiture suffisent. Le gué où Madame faillit se noyer est surmonté d'un pont en béton, les chemins creux où elle se cachait entre deux passages de patrouilles sont comblés, la plupart des haies ont disparu, les bois se sont infiniment rétrécis, aux carrefours la signalisation ne manque pas, et cependant il est encore impossible à un étranger de s'y diriger sans le secours des cartes au 1/25 000e de l'I.G.N. et le renfort d'un navigateur attentif. C'est là que, cent soixante-huit ans plus tôt, des hommes vont mourir.

Le « jour J » de l'insurrection – chez les insurgés on dit : la prise d'armes – a été fixé au 24 mai. En dépit des exhortations de ses proches, Madame a refusé de l'annuler. On lui avait promis une armée, trois corps de quinze à vingt divisions chacun, en réalité des divisions d'une dizaine d'hommes, des corps d'armée de deux à trois centaines. Elle s'entête. Le 20 mai elle est à L'Ouvrardière, entre Saint-Philbert et Geneston, chez le comte de La Roberie, vieux gentilhomme d'Ancien Régime, fidèle entre les fidèles. L'Ouvrardière se présente comme un charmant petit château de campagne du XVIIIe siècle entouré de grands hêtres rouges et de cèdres. On y garde le souvenir de Petit-Pierre et des La Roberie. La propriétaire actuelle, cultivatrice de son état, n'a eu que quelques dizaines de mètres à parcourir pour passer de sa ferme natale au château qu'elle a acheté avec toutes ses dépendances à deux vieilles demoiselles, les dernières La Roberie « authentiques », ainsi qu'elle me l'a précisé. Sa grand-mère y servait comme domestique. Il restait bien un La Roberie mâle de branche cadette, mais comme son père avait dérogé, les deux grand-tantes, intraitables, l'avaient aussitôt déshérité. « Et elles ont bien fait ! » s'exclame la fermière châtelaine, qui ne plaisante pas avec les quartiers de noblesse. La chambre de Mme la duchesse de Berry est désormais en de bonnes mains. « Là où nous sommes, me dit-elle, sur ce perron, en 1832, monsieur le comte de La Roberie a ployé le genou en pleurant d'émotion devant un petit paysan en bonnet de laine… » Comme Mme Deniaud, on aurait juré qu'elle avait vécu la scène. Promu séance tenante maréchal de camp par le petit paysan, M. de La Roberie baptisera de sang ses feuilles de chêne quand viendra le moment de la dernière lutte, ce que La Varende appelle superbement *la palpitation suprême.*

A Paris, faubourg Saint-Germain, chez les conjurés du « comité provisoire », parmi lesquels Chateaubriand et Berryer, on ne « palpite » aucunement. Ces messieurs graves et importants ne parviennent plus à comprendre par quel égarement de leurs illusions ils se sont ainsi laissés entraîner. Madame est jeune, enthousiaste. On la suivrait au bout du monde pour un seul de ses sourires si l'on avait trente ans de moins. Mais Madame est loin, en Vendée, et l'affaire s'annonce déplorable. Ils ne sont plus des adolescents, comme Mme la duchesse de Berry qui va pourtant sur ses trente-quatre ans et les dilapide follement. Ils ont pris leur décision : il faut annuler la prise d'armes ! Il faut en convaincre Madame. Un cavalier fonce au galop sur la route de Nantes, pour annoncer la visite de Berryer. N'écoutez jamais les gens arrivés, Monseigneur, ils ont toujours de bonnes raisons. Et c'est vrai qu'ils ont mille fois raison ce jour-là, Berryer, Chateaubriand et les autres ! L'aventure est sans issue. Mon Dieu, comme il serait aimable et doux de s'endormir paisiblement de vieillesse en rêvant aux grandeurs enfuies de la royauté perdue. Chateaubriand, sur ce sujet, a écrit des pages inoubliables.

Berryer prend la route à son tour, en berline à quatre chevaux changés de relais en relais. Trois jours pour aller de Paris à Nantes où il entre le 22 mai dans la nuit, presque un record pour l'époque ! Un paysan l'attend. Le mot de passe : « Monsieur Charles ». Tous deux s'enfoncent à cheval en plein mystère, guidés par le cri de la chouette des guetteurs qui signalent que la voie est libre. Madame est installée depuis la veille aux Mesliers, une ferme autrefois fortifiée qui appartient au comte de La Roche-Saint-André dont les armes figurent toujours au portail. Elle y occupe une chambre minuscule éclairée par une étroite fenêtre gothique au-dessus de la remise. Une cachette exiguë a été aménagée dans le mur. Petit-Pierre, qui est de petite taille, en effet, s'y réfugie en cas d'alerte (deux cris de chouette, suivis d'un troisième, espacé). Durant la nuit précédente, elle a reçu plusieurs chefs conjurés, notamment le marquis de Goulaine, l'un des généraux de son « armée », qui commande quinze mille hommes sur le papier et doit avouer à la duchesse qu'il n'a pu en rassembler que deux ou trois dizaines. Il faut renoncer. Il faut quitter la France au plus vite : depuis son arrivée en Vendée, elle n'entend pas autre chose. Deux cris de chouette, mais sans le troisième. C'est Berryer, le chapeau ruisselant, la cape trempée. L'entrevue se prolongera jusqu'à l'aube. Madame, qui ne dort plus la nuit, est étendue sur un grossier lit de bois blanc, enveloppée d'un plaid écossais rouge et vert, le tartan Stuart, précisément : *Royal and Hunting Stuart.* Une perruque est pendue à un clou. Il fait froid. La mauvaise cheminée ne parvient pas à sécher la cape de Berryer. L'avocat lit la lettre du comité. Par prudence, elle n'a pas été signée, mais c'est Chateaubriand qui l'a écrite, de sa main. « Lui aussi ! » s'indigne Petit-Pierre, qui a perdu son sourire. Berryer continue sa lecture : « La prise d'armes n'aboutirait qu'à faire saccager les campagnes, tuer les plus fidèles d'entre nous et offrir un triomphe facile au gouvernement actuel… La mère d'Henri V devrait se hâter de sortir de France après avoir ordonné la dispersion de son armée, acquérant ainsi la double gloire d'avoir apporté la paix au lieu de la guerre civile et d'avoir épargné le sang des Français… »

« La voix de la raison », supplie l'avocat. Petit-Pierre devient rouge de colère : « Qui m'a appelée ?

Vous ! le premier ! Il n'est plus temps de reculer. Que penserait-on de moi ? » Berryer sort sa dernière carte, un contrordre du maréchal de Bourmont, lequel devait commander l'insurrection, enjoignant à tous les chefs conjurés de retarder jusqu'à nouvel avis la prise d'armes du 24 mai. Berryer, rencontrant le maréchal à Nantes avant de prendre la route des Mesliers, l'avait retourné en un quart d'heure. Ainsi que l'écrit La Varende, ils ne songeaient tous qu'à « retenir les dés » lancés par la petite main vive. Madame blêmit : « Ah ! C'est la fin ! » Mais après un bref sommeil, au matin du 23 mai, elle retrouve le sourire de Petit-Pierre. Il lui reste Charette ! Trempant sa plume dans le jus de citron, elle lui dépêche un messager : « Je reste avec vous, mon cher Charette, attendu que ma présence a compromis un grand nombre de mes fidèles serviteurs. Il y aurait lâcheté de moi à les abandonner. J'espère que malgré le malheureux contrordre Dieu nous donnera la victoire. Adieu, mon cher ami, ne donnez pas votre démission puisque Petit-Pierre ne donne pas la sienne. Marie-Caroline. » Une nouvelle date est fixée pour la prise d'armes : la nuit du 3 au 4 juin. La vie, la mort… Pour la dernière fois, Madame a lancé les dés.

Ordres, contrordres, désordre. A la fois héroïque et piteux, le dernier feu d'artifice royal éclate dans la confusion. Les « divisions » de Bretagne, du Poitou et du Maine, qui n'ont pas reçu le contrordre de Bourmont, ont pris les armes dès le 24. Résultat : le général Clouet, sur la rive droite de la Loire, bat en retraite avec son corps d'armée de quinze chouans face à deux mille philippards. La division de la Mayenne perd en une heure de combat le tiers de ses effectifs, cinquante morts, sans compter les blessés. Une seule demi-victoire, au Pont-de-la-Claye, près de La Roche-sur-Yon : quarante chouans à cheval, toute la cavalerie de la duchesse, bousculent un régiment de ligne. Madame sort chaque jour des Mesliers, déguisée, à cheval, à pied, en carriole de paysan, guidée par des gamins qui la contemplent avec ravissement. Elle visite ses troupes. On l'acclame, mais le volume des voix est bien faible, une cinquantaine ici, une vingtaine là. Les larmes aux yeux, elle sourit. Presque seule, sans escorte pour ne pas attirer l'attention, elle va parcourir en tous sens les quelques lieues carrées où les 4 et 5 juin va battre la « palpitation suprême ». Elle prend des risques énormes. La région est quadrillée. Les dragons de Philippe tiennent les routes. Il faut fuir en galopant dans les chemins creux. Plusieurs fois elle tombe de cheval. Comme les patrouilles tirent sans sommation sur tout cavalier suspect et que nul ne peut la reconnaître, habillée en paysan, elle risque tout simplement sa vie. Elle risque véritablement sa vie. Elle a un honneur à sauver, celui de la dynastie. Bourmont ayant répandu le bruit que Madame avait décidé de fuir, certains des fidèles entre les fidèles, ignorant sa volte-face, ne cachèrent pas leur mépris. Elle a reçu, aux Mesliers, une lettre de Mme de La Rochejaquelein, terrible, cinglante :

> *Partez, Madame* [pas d'Altesse Royale ni de troisième personne], *faites comme le comte d'Artois à l'île d'Yeu, le duc de Bourbon, à Beaupréau, Charles X et le Dauphin, à Rambouillet. Partez, Madame, abandonnez à leur malheureux sort plus de trois cents jeunes gens sortis de Nantes pour la prise d'armes... Mais rappelez-vous que la cause d'Henri V est à jamais perdue...*[1]

Nul besoin de lui faire la leçon, sur ce ton. Elle n'abandonnera pas les « trois cents jeunes gens ». Ce n'est qu'après leur dispersion que seule en compagnie de Petit-Paul, marchant pieds nus, comme une paysanne, elle ira se cacher dans Nantes où commence l'autre versant de sa vie. Je sais que les grands mots passent mal, aujourd'hui, Monseigneur, mais telle est la vérité de Mme la duchesse de Berry : rejetant la « voie de la raison », elle n'a écouté que celle de l'honneur.

Le 30 mai, le cri de la chouette (deux rapprochés, le troisième ensuite) jaillit des taillis en plusieurs points autour des Mesliers. Des hommes aux allures de policier rôdent, interrogeant la population. On a vu les plumets jaunes et les casques à crinière des dragons pointer au-dessus des haies à un quart de lieue de la ferme. L'endroit est devenu dangereux.

1. Lettre citée par La Varende (*Man'd'Arc*, Grasset, 1939).

La défection du marquis de Goulaine, qui devait tenir le bourg de Legé, à une vingtaine de minutes de cheval des Mesliers, a laissé Madame sans protection. On hâte les préparatifs de départ. Entre tragédie et comédie, dans l'excitation du moment, il règne une ambiance étrange. En dépit de la gravité de la situation, des mauvaises nouvelles qui s'accumulent depuis le matin et laissent prévoir le désastre, Madame retrouve toute sa bonne humeur, son entrain. Est-ce qu'elle joue ? Aux gendarmes et aux voleurs ? Aux bons contre les méchants ? Elle nomme des ministres, elle promet des pensions, elle rétablit les franchises des communes et abolit l'impôt sur le sel, tout cela n'ayant plus aucun sens, après quoi, toujours déguisée en garçon, elle saute en croupe derrière le chouan François Simailleau qui, par des chemins détournés, doit la conduire au lac de Grand-Lieu, en plein marais, où elle établira ses nouveaux quartiers.

Elle n'arrivera pas à Grand-Lieu. L'état de siège a été proclamé par les préfets. Le royaume d'Henri V – quelques lieues carrées – est envahi. Régiments et escadrons progressent par toutes les routes. Des gentilhommières, des fermes, des granges brûlent. Madame doit sans cesse changer de cachette. Le Magasin, le Moulin Gilles, le Moulin Étienne, La Brosse – tout cela dans un mouchoir de poche –, où elle trouve refuge en ces premiers jours de juin, ne sont que des masures. J'ai retrouvé le Magasin, une ruine abandonnée à la sortie de Corcoué-sur-Logne, envahie par les ronces, le toit crevé, avec une porte basse à l'arrière de la maison par où Madame dut s'enfuir en pleine nuit en se glissant dans les taillis. On m'a dit que nul ne l'a habitée depuis. On ne lui connaît pas de propriétaire. La Brosse était une misérable métairie, que visita en son temps La Varende, si pauvre, si basse derrière un repli de terrain qu'à cinquante mètres on ne la voyait pas. Elle sert aujourd'hui de remise à une coquette petite villa neuve entourée d'un jardin de rocaille. En l'absence de ses occupants, j'ai glissé un mot dans la boîte aux lettres, avec mon nom et mon numéro de téléphone : « Savez-vous que la duchesse de Berry s'est cachée ici le 4 juin 1832 ? » Est-ce que c'était du chinois pour ces gens-là ? Personne ne m'a téléphoné. Nous pas savoir, nous rien à foutre… C'est par l'une des deux minuscules fenêtres à ras de terre, ouvertes à l'est, que Madame a entendu, désolée, au matin du 5 juin, l'artillerie de Philippe tonner vers Vieillevigne, le combat du Chêne, le Waterloo de la régente de France…

Un gîte un peu plus confortable a été aménagé à La Mouchetière, une autre gentilhommière de campagne appartenant au comte de La Roberie, que Madame, dix jours auparavant, avait nommé maréchal de camp. Il faut renoncer aussi à La Mouchetière. Trahison ? Dénonciation arrachée par violence ? C'est les enfants qu'on interrogeait. On les fouettait avec les baguettes de fer des fusils. Certains étaient laissés mourants… Les patriotes ont envahi le château. L'armée régulière, fantassins en pantalon rouge et tunique bleue. Les Rouges, les Bleus, c'est ainsi que les Blancs les appelaient, au choix. Il n'y avait que des enfants, au château. Ils s'enfuient à la volée. La petite Céline de La Roberie, seize ans, trébuche, se relève. Un sergent la tue à bout portant. Une balle dans le dos. On s'acharne sur son cadavre, on le crève à coups de baïonnette, on barbouille son visage de sang. Manière de Bleu, Monseigneur, manière de Rouge, au choix. La trace du massacre était encore visible dix ans après. La Varende raconte qu'il avait « connu un témoin, autrefois, qu'on avait mené tout bambin à La Mouchetière, pour lui apprendre l'amour du Roi-père-de-famille… » Me présentant au château de La Mouchetière, je suis tombé sur un autre genre de témoin. La maison appartient à un M. Pierre Douville de Franssu, allié aux La Roberie disparus. Il était absent. C'est son épouse qui m'a répondu, sur le mode désinvolte : « Ah oui, on raconte qu'une fille de la famille de mon mari a été tuée quelque part par là. C'est vieux tout ça. » Je ne m'attendais pas à une plaque commémorative, encore moins à une statue dans le jardin, mais tout de même, l'épitaphe verbale manquait de chaleur. La cultivatrice châtelaine de l'Ouvrardière, ancienne fermière des La Roberie, dont la grand-mère avait été domestique au château, m'avait tenu un autre langage…

Le soir même, le vieux La Roberie, le père de la malheureuse Céline, portera Madame dans ses bras pour traverser un marais qui a été asséché depuis.

Elle retourne au Magasin et passe une deuxième nuit dans ce taudis, puis la dernière à la belle étoile, enveloppée dans le plaid de Bonnie Prince Charlie, tandis qu'à La Pénissière et au Chêne, l'armée de Mme la duchesse de Berry sauve l'honneur.

Le siège de La Pénissière, le 4 juin, c'est Camerone, et le combat du Chêne, le lendemain, Waterloo.

Madame n'y a pas combattu en personne, comme les Capétiens d'autrefois. Elle y était prête. Charette et La Roberie s'y sont opposés. Il n'était plus question de vaincre, mais de tenir tête aux Bleus pour protéger la vie de Madame. La Varende affirme que Louis-Philippe se serait accommodé volontiers d'une balle qu'on eût qualifiée de perdue, une sorte d'accident de guerre, comme il y a des accidents de chasse, qui l'aurait débarrassé de la duchesse de Berry. Son père, le duc d'Orléans, avait voté la mort du roi. Pourquoi n'aurait-il pas, à son tour, « voté » la mort de sa nièce ? Le hasard en a décidé autrement, le hasard et le sacrifice des assiégés volontaires de La Pénissière, et de la « garde royale d'Henri V », au Chêne.

La Pénissière se présente comme un ensemble de bâtiments disposés en carré autour d'une cour fermée, avec un petit château, une chapelle, des granges, et l'habitation du fermier. Pour peu que vous l'y invitiez, le fermier d'aujourd'hui vous racontera fort bien la bataille. Scellée au fronton du portail il y a une centaine d'années par les soins du *Souvenir vendéen*, une inscription à demi effacée perpétue la mémoire des quarante-deux héros, dont trois clairons, des voltigeurs, et des « artilleurs », équipés d'espingoles. Quarante cartouches par homme, des carabines, des pistolets, quelques sabres, et rien à boire, rien à manger. Le colonel Eugène de Girardin les commande, assisté de ses trois frères. En face, neuf cents soldats des compagnies d'élite et du 19e régiment de ligne, avec des canons. A huit heures du matin, les sentinelles crient « Aux armes ! », la cloche de la chapelle sonne le tocsin, les trois clairons se déchaînent, on ferme précipitamment le portail et les espingoles crachent à mitraille sur les premières colonnes d'assaillants en faisant un bruit épouvantable. Les Bleus répondent au canon, ouvrant des brèches dans les murs. La garnison, trop peu nombreuse, se retranche dans le château, tandis que les soldats de Philippe, aux cris de « A mort les brigands ! », envahissent en masse la chapelle, la ferme et les autres bâtiments. On se fusille presque à bout portant. Trois attaques sont repoussées. Les Bleus laissent cent morts sur le terrain. La cour devient un lieu de carnage. Il y coule des rigoles de sang. Et le dialogue ! Le fermier vous raconte la scène sur le ton du légionnaire qui chaque 30 avril, à Aubagne, au sanctuaire de la Légion, a l'honneur de lire le récit du combat de Camerone devant les bataillons de képis blancs figés dans un garde-à-vous liturgique : « Rendez-vous, bandes de brigands ! » gueulent les Bleus. Et les chouans répliquent à pleins poumons : « Jamais ! Vive Henri V ! » Les clairons saluent l'exclamation. Tout le répertoire y passe. Les Blancs se battent en musique.

Le soleil a commencé de décliner. Puisque les chouans refusent de se rendre, on va les griller. Des soldats balancent des torches enflammées par les fenêtres du rez-de-chaussée. Le plancher, les boiseries brûlent. Les survivants se replient à l'étage. En comptant les blessés, ils ne sont plus que trente. Des quatre frères Girardin, l'un est mort, les trois autres blessés. Et le toit du château s'embrase. En grimpant par une échelle, les Bleus ont mis le feu au grenier. Les solives craquent. Le plancher fume. Flammes sous les pieds, flammes au-dessus de leur tête, les chouans se préparent à mourir. L'un d'eux entame à haute voix le *Pater Noster*. Tous répondent, à genoux. C'est ainsi qu'on mourait, de ce temps-là. Tous ne mourront pas. Le colonel de Girardin commande la retraite. A travers les flammes, ils sautent par une fenêtre et s'élancent dans le jardin, non pas comme des gens qui fuient, mais en bon ordre, au pas de course, clairons et drapeau blanc en avant. Huit volontaires se sont sacrifiés pour les couvrir. Impassibles au milieu du brasier, ils tirent leurs dernières cartouches, et les Bleus renoncent à la poursuite. Au moment où vient la nuit, les charpentes et le toit du château s'effondrent, puis le plancher du grenier, ensevelissant dans la mort les derniers défenseurs de La Pénissière. Ils ont tenu douze heures. Plus de deux cents soldats de Philippe gisent sur le champ de bataille. La pluie s'est mise à tomber. Une épaisse fumée noire s'élève au-dessus de ce charnier.

Le bruit a couru ensuite que Madame se trouvait parmi les morts. On avait ramassé des vêtements de femme à demi brûlés, qui étaient en réalité ceux de la fermière. *Le Moniteur* publia la nouvelle. C'est ainsi qu'un répit lui fut donné, et que la surveillance, aux portes de Nantes, s'était relâchée, quand cinq jours plus tard elle s'y présenta, déguisée en paysanne qui se rend joyeusement au marché.

Le Chêne-en-Vieillevigne est un hameau mélancolique entouré de marais. A une soixantaine de mètres passe une petite rivière qui coupe l'unique chemin par un gué que domine une légère élévation de terrain. C'est là qu'a pris position la garde royale d'Henri V, dite aussi compagnie nantaise, les « trois cents jeunes gens sortis de Nantes » avec le comte de Bonrecueil, le duc de Lorge et le comte d'Hanache, renforcés par six cents paysans formés en compagnies de paroisse. Charette et son maréchal de camp La Roberie les commandent. Un modeste obélisque planté d'une croix porte une inscription devenue illisible. On devine seulement la date : 5 juin 1832. Les rares passants qui s'y arrêtent la déchiffrent avec perplexité, et pourtant c'est bien ici que se termina le règne du dernier roi de France, avant même d'avoir commencé.

Pauvre petite bataille... Un décor qui n'a rien d'épique, une centaine de mètres carrés tout plats où se limitera le combat, et la pluie qui ne cesse de tomber, transperçant les blouses des paysans et mouillant les cartouches et le sac de poudre, dans leurs poches. Ce détail a son importance. Les philippards sont mieux équipés, leurs munitions à l'abri dans d'épaisses cartouchières cirées. Comme à Waterloo, toutes proportions gardées, l'affaire s'engage plutôt bien. Emmenés par le vieux La Roberie qui a juré de venger sa fille, les paysans chargent à l'arme blanche en poussant des cris épouvantables, la même furie qu'à Culloden, lors de l'assaut des highlanders. A peine sortis du hameau, les Bleus y refluent en désordre. Victoire ! suivie d'une petite heure de grâce... Charette passe ses compagnies en revue. On entend du côté de Rocheservières le bruit d'une troupe en marche. C'est sans doute le renfort attendu. Le combat reprend. Au Chêne-en-Vieillevigne, l'infanterie de Philippe s'est reformée, cette fois tout un régiment qui tire comme à l'exercice, tandis que la poudre mouillée des chouans fait long feu. Une fusillade éclate dans leur dos. Grouchy ? C'était Blücher, un autre régiment de ligne qui accourt de Rocheservières après avoir mis en pièces le renfort. Les compagnies de paroisse se débandent. Charette s'époumone en vain. Chacun pour soi et sauve qui peut ! Les paysans fuient à toutes jambes. Au moins rentreront-ils chez eux. La troisième guerre de Vendée est terminée. Seuls luttent encore les trois cents jeunes gens de Nantes qui ne se comptent plus que cent et font retraite en bon ordre en emportant leurs blessés. Les morts restent sur le terrain, parmi eux le comte de Bonrecueil et le comte d'Hanache, qui fut achevé au pistolet par un capitaine de l'armée du roi des Français.

A minuit, ce même jour, trois lieues à l'ouest du Chêne, dans la cour du château de Clody, le dernier carré, les adieux... On brûle les drapeaux. Chacun se disperse. Il existe un hameau de Clody, mais j'ai cherché vainement le château. Et est-ce que c'était un château ? Nul n'a été capable de me renseigner. Le château avait disparu, tout comme le souvenir de la scène que Charette, plus tard, a racontée. Les chouans sont rentrés dans l'ombre. Ils n'en ressortiront plus.

Trois jours plus tard, le 9 juin, après d'autres nuits de hasard, deux paysannes en cotillon court et coiffe de dentelle du pays de Retz, pieds nus, les sabots à la main, un panier d'œufs pendu au bras, entrent dans Nantes sans être inquiétées. C'est Petit-Pierre et Petit-Paul, la duchesse Marie-Caroline de Berry et sa dame d'honneur, Mlle Eulalie de Kersabiec. Madame, qui avait les jambes et les pieds très blancs, contrairement aux paysannes hâlées, craignant que les gendarmes ne le remarquent, les avait trempés, allégrement, pour les brunir, dans un fossé rempli de boue.

Nous la laisserons ici, à l'orée d'une autre vie. Retirée en Italie, elle a épousé un aristocrate florentin, le comte Lucchesi-Palli. Elle fait des dettes et des enfants, elle pouponne avec béatitude, elle tricote furieusement, elle tisse, elle brode, elle tapisse de ses propres mains tous les meubles de ses salons, elle prend de plus en plus d'embonpoint, et c'est une très grosse petite vieille dame toute ronde, deux fois veuve, et aveugle, qui mourra de la fièvre typhoïde le 16 avril 1870, trente-sept ans, dix mois et onze jours après le combat du Chêne.

Bonnie Prince Charlie, pour sa part, mort en 1788, survivra quarante-deux ans à la défaite de Culloden et à l'anéantissement des clans. Exilé à Rome, oublié, ruiné, abandonné de tous et sans descendance, devenu obèse et stupide, lui, le prince audacieux et chevaleresque, finira ses jours dans l'ivrognerie. Ô Flora MacDonald…

Au moins avaient-ils vécu. Au moins avaient-ils tenté, dans leur jeunesse, d'accomplir leur destinée conformément aux grâces reçues et aux devoirs de leur naissance. A quelques petites années près, Monseigneur, vous avez l'âge de Bonnie Prince Charlie. Vous avez l'âge de Marie-Caroline. A l'heure des comptes, quelles questions vous poserez-vous ?

CULLODEN... Le combat du Chêne... Votre tour n'est-il pas venu, Monseigneur ?

C'est vrai que rien ni personne ne ressemble plus, aujourd'hui, aux hommes et aux comportements d'autrefois. Ce serait se tromper de siècle, et même doublement puisque nous sommes sur le point d'en changer, de tenter ce genre d'aventure, mais vous avez balayé l'argument. Vivre et durer, ce n'est pas la même chose. Prétendre, au sens royal de ce mot, ce n'est pas attendre alors qu'il n'y a rien à attendre, et pourquoi pas jusqu'à la fin des temps. Vous êtes le roi. Vous serez le roi, le roi de France, en France, ne fût-ce qu'un infinitésimal moment de règne sur une infinitésimale parcelle de notre territoire national qui sera votre éphémère pré carré. Vous l'avez décidé.

Bien que vous ayez longuement réfléchi durant vos longues soirées d'exil en Écosse, votre dessein est inconsidéré. Vous le savez, mais il y a des degrés dans l'inconsidéré. Ainsi n'imiterez-vous pas Louis-

Napoléon Bonaparte débarquant à Wimereux, sur le Pas de Calais, en avril 1840, avec l'intention de rallier par sa seule présence le 42e régiment de ligne qui tenait le fort de Boulogne. Le souvenir de Napoléon le premier demeurait vivace dans l'armée, et cependant la tentative échoua piteusement. Elle méritait mieux, elle ne manquait pas d'aplomb, au grand jour et d'homme à homme. La presse se gaussera du neveu et le traitera de « nigaud impérial ». Il avait eu le tort de fonder ses espoirs sur l'armée (encore se revanchera-t-il onze ans plus tard, de façon éclatante : à Boulogne, le nigaud impérial avait pris date). En 1970, au Japon, Mishima s'y était également essayé à la tête d'une dizaine de conjurés revêtus de l'uniforme de l'ancienne armée impériale, gants blancs et sabre au côté. Lui s'était trompé de siècle. Sa harangue aux troupes de la garnison de Tokyo, exaltant les vertus du bushido, fut accueillie par des quolibets. Les huées l'empêchèrent de terminer, et le ridicule le tua tout autant que le sabre de samouraï qu'il se plongea dans le ventre. Quant au dernier régiment véritablement romanesque de l'armée française, il mesura lui aussi sa solitude en avril 1961, lâché par toutes les autres unités, à Alger. Ce régiment a été dissous. Il n'existe plus. Aucun autre régiment ne portera plus jamais son nom. Embarqués dans des camions escortés par des nuées de gendarmes, les paras du 1er R.E.P. chantaient : « Non, rien de rien, non, je ne regrette rien… » La chanson s'est envolée. Sur ce thème-là, elle ne renaîtra plus. Vous ne trouverez personne dans l'armée, Monseigneur, pour chanter cette chanson avec vous, s'il vous prenait l'idée saugrenue d'en attendre quelque concours, fût-ce d'un seul militaire attardé lecteur de Walter Scott, ou du dernier sous-lieutenant solitaire, poussin noir de sa promotion, s'obstinant encore à rêver à l'insaisissable royaume. Les rêves de grandeur et de conquête sont désormais condamnés à demeurer enfouis au plus profond des cœurs et chacun garde sa vérité secrète, de crainte qu'elle ne se dissolve en poussière au contact de la réalité comme une momie exposée brutalement à l'air libre. Vous en avez pris le risque, Monseigneur, avec vos vingt compagnons. Vous vous êtes débarrassés de vos bandelettes et vous vous êtes dressés, en armes, hors du sarcophage de l'ancienne royauté.

Vous êtes mal armés. C'est voulu. Quelques stocks obsolètes et périmés depuis des lustres. Pas de fusils d'assaut, pas de missiles de poche, de bazookas, de mines, de kalachnikovs, de bombes aveugles, toute cette panoplie en vente libre des « armées de libération » manipulées et subventionnées. Vous avez d'ailleurs eu du mal à les dénicher, vos deux vieux fusils-mitrailleurs 24/29 calibre 7,5 à bipied et vos quinze fusils MAS 36 de même calibre retirés du service depuis un demi-siècle, presque des pièces de musée. Ces antiquités peuvent tuer, certes, mais au moins, s'il y a affrontement, vous placerez-vous dans la même situation d'honneur, à l'avance désespérée, des lanciers polonais chargeant les chars allemands en 40, des rebelles de la grand-poste de Dublin face à l'artillerie britannique ou des trois cents jeunes gens de Nantes cernés par les régiments de ligne de Louis-Philippe. Si l'on vous offre le combat, celui-ci revêtira la valeur inestimable d'un symbole. Au premier coup de feu que vous tirerez avec vos misérables pétoires, la République vous dépêchera ses noirs commandos cagoulés, ses hélicoptères et ses chars de la gendarmerie mobile avec tout leur bazar sophistiqué. Dès lors, en perdant, vous aurez gagné. Voilà pourquoi je vous ai entraîné jusque-là. Que vous en sortiez mort ou vivant, c'est ce qu'on retiendra : l'insurrection armée. C'est bien votre tour ! Pourquoi le roi de France serait-il moins fondé de s'insurger contre la République que nos deux premières républiques ne le furent en chassant par les armes, et dans le sang, un roi de France et un roi des Français ? Là se situe le point de rupture à partir duquel vous refusez désormais de jouer les potiches de l'Histoire de France avec l'agrément hypocrite des autorités de la République. A l'heure précise où j'écrivais ces lignes, aux obsèques de Mgr le comte de Paris en qui le ministre de l'Intérieur avait salué, pour la galerie, le « prince républicain », ce même ministre de l'Intérieur, au nom du gouvernement, s'était fait représenter à la chapelle des Orléans, à Dreux, par un quelconque préfet ! Pourquoi pas un planton ? Est-ce bien cela que vous souhaiteriez pour vous-même, au jour que Dieu seul connaît où l'on vous portera en terre ? Si c'est oui, dites-le-moi franchement, je vous prie, et j'en terminerai ici avec les formules respectueuses qui s'imposent. Mais je vois que vous ne répondez pas. Poursuivons donc, Monseigneur.

Avec Bohémond et Monclar, dans votre retraite écossaise d'XY House, vous avez établi les plans d'un débarquement et de la restauration du principe royal en un point de la côte française érigé en royaume de France. Exilé au-delà de la mer, c'est par la mer que vous arriverez, sans relais préalable en territoire républicain. Passant sur le fait déplorable qu'elles sont plus généralement destinées à être maculées de purin par des paysans furieux, vous aviez d'abord songé à occuper une sous-préfecture, siège de l'autorité de l'État. Sur les côtes normandes et bretonnes, il en existe quatre ou cinq qui sont vraiment toutes proches du port. Avec un peu de chance et par surprise, nuitamment, le coup pouvait être tenté. Vous l'avez finalement écarté. Un roi s'installant, ne fût-ce que peu de temps, dans les meubles d'un sous-préfet, manquerait singulièrement de panache, mais il y a une autre raison : ne mêler, d'aucune façon, la population civile à tout cela. Pour sa propre sécurité, certes, mais d'abord et avant tout parce que vous n'avez nul besoin de la population. Vous n'avez pas besoin du peuple, qu'il soit pour, contre, indifférent, curieux, surpris ou indigné. Vous ne lui adresserez aucune proclamation. Vous ne cherchez pas à prendre le pouvoir, vous n'avez donc rien à lui dire, et d'ailleurs que comprendrait-il ? Vous êtes seul en cause, Monseigneur. Vous êtes le roi. C'est ce que vous êtes venu rappeler en jetant, en quelque sorte, votre gant au visage de la République, mais cela ne concerne que vous… et la République, naturellement. Pour que les symboles pussent s'affronter sans être brouillés par les réalités, mieux valait choisir, en effet, un lieu qui fût inhabité.

Vous avez donc ressorti de vos cartons l'île Saint-Trec, une île jumelle de celle de Saint-Riom, en baie de Paimpol. Le royaume le plus dépouillé qui soit, guère plus d'un demi-hectare de lande et d'amas de rochers, une vieille croix celtique dominant la mer, une chapelle en ruine, une maison basse abandonnée mais qui a conservé son toit, un puits qui donne encore de l'eau et le continent à moins d'un mille, séparé par un chenal à fort courant semé de bancs de sable et de cailloux affleurants. Le lecteur s'en souviendra : au chapitre de ce que j'ai appelé « la version *soft* de votre destinée », vous y aviez pacifiquement débarqué le 29 avril de l'an 2000. La date seule reste inchangée, mais l'action s'annonce différente.

A XY House, vous avez replié vos trois pavillons. Le roi au-delà de la mer est en mer. A bord d'un petit navire ami, le *Sainte-Mary*, le voilà qui fait route vers la France. Deux Zodiac en sac avec leurs moteurs hors-bord et une dizaine de caisses arrimées contenant votre modeste arsenal, quelques gros projecteurs à piles et des vivres pour une dizaine de jours (à condition de se serrer la ceinture) encombrent les soutes et le carré. Pantalon de marin bleu, bottes de pont, ciré jaune, gros chandail blanc des Hébrides, et le même bonnet de quart blanc orné d'une petite fleur de lys de métal, ainsi êtes-vous vêtus de ce qui n'est pas un uniforme, vous-même et vos vingt compagnons. Pas de faces barbouillées de noir style commando, pas de treillis camouflés, de cagoules et autres oripeaux militaires. Vous jouez à visage découvert, et en blanc.

Traversée sans histoire, bon vent. Le 28 avril au soir, le *Sainte-Mary-du-Minch* croise à dix milles des côtes, attendant la nuit et le flot. A cinq heures du matin, le débarquement est achevé, le mât aux couleurs planté, la maison sommairement aménagée, les deux vieux fusils-mitrailleurs à bipied disposés à leurs emplacements de tir et les postes de chacun repérés. Le *Sainte-Mary* regagne le large. Ni radio, ni téléphone. Vous vous en êtes volontairement privé. Vous avez résolu de rester muet. Entre le continent et l'île, entre la République et le roi, aucune communication n'est possible. Simplement, quand le jour se lève, vingt voix crient « Vive le Roi ! » pour saluer l'envoi des trois pavillons, ceux-là mêmes qui flottaient en exil, l'oriflamme royale en tête de mât, et à chacune des deux drisses de vergue, jumeaux, le blanc fleurdelysé de la monarchie et le tricolore national. Rien à ajouter, rien à préciser. C'est là tout votre message. Vous avez cependant pris soin de le doubler par une brève déclaration que deux de vos compagnons vont porter à terre en Zodiac. Sur la cale de Pors-Even, en face de Saint-Trec, un vieux pêcheur matinal ravaude ses filets. Bohémond, sautant du Zodiac, soulève poliment son bonnet. Le bonhomme, au bistro du port, après avoir téléphoné, ainsi qu'on l'en avait prié, à la gendarmerie de Paimpol, racontera vingt fois son histoire pendant toute la journée, aux copains, aux gendarmes, aux journalistes, le localier d'abord, puis les autres, les vedettes, au sous-préfet de Guingamp, aux inspecteurs des R.G. de Saint-Brieuc, au directeur de cabinet du préfet accouru en hélicoptère, au cinq-galons adjoint de l'amiral-préfet maritime de Brest, en hélicoptère également, vous suiviez cela à la jumelle, depuis votre île, et vous avez seulement dit : « Ça s'anime… » Voici le récit du bonhomme, tel qu'on a pu le lire dans la presse :

> Quand le jeune gars est venu vers moi avec son bonnet blanc et son espèce d'insigne (il m'a dit que c'était une fleur de lys), je lui ai demandé : « D'où venez-vous à cette heure ? » Il a pointé son doigt vers Saint-Trec et il a répondu : « De là », sans commentaires. J'ai continué : « Vous êtes en balade ? » Il a dit : « Non, en mission. Voulez-vous me rendre un service ? Je n'ai guère le temps. Un simple coup de téléphone à donner. » Il avait une bonne tête. Il ne se cachait pas. Son copain l'attendait dans le Zodiac, en chandail blanc avec le même bonnet. Il n'y avait là rien de suspect. Ces gens des grands yachts (il prononçait « yak ») sont souvent

habillés pareil. Le gars m'a tendu une enveloppe, un très beau papier, sur laquelle était écrit : *Aux autorités de la République*, et il m'a dit : « Appelez la gendarmerie et prévenez-les de venir chercher cette lettre. Vous pouvez même la leur lire au téléphone s'ils vous le demandent. L'enveloppe n'est pas fermée. Il n'y a rien de secret. » Sur quoi il m'a dit merci et il a filé, droit sur Saint-Trec. Naturellement, les gendarmes ont voulu savoir avant de se déplacer. Je leur ai lu la lettre qui était dans l'enveloppe (il n'en revenait pas, il la connaissait à présent par cœur) :

> « Philippe VII Pharamond, roi de France, a pris possession de l'île Saint-Trec et y a établi sa capitale provisoire le 29 avril de l'an 2000. »

C'est tout. Et c'était signé. Les gendarmes ont d'abord cru à une blague. Je leur ai dit que les deux gars venaient à peine de repartir et qu'ils étaient arrivés en Zodiac, par la mer. Alors ils ont rappliqué…

Le roi ? Le roi ? Le bonhomme fouillait sa mémoire… Et c'est ainsi, Monseigneur, que tout a commencé. La radio et les journaux télévisés de midi ont titré : *Au nom d'un prétendu roi de France, les chouans débarquent en Bretagne ! Le drapeau bleu à fleur de lys flotte sur une île au large de Paimpol.* Commentaire ni chair ni poisson, plutôt goguenard. Ils ne prenaient pas ça très au sérieux. Deux heures plus tard, le ton a changé, à la suite d'une seconde information : *Un hélicoptère de la gendarmerie qui survolait l'île Saint-Trec a essuyé des rafales d'arme automatique. Un hélicoptère de presse qui le suivait semble également avoir été visé. Aucun n'a été touché. Le survol de la zone est interdit et des barrages ont été établis sur toutes les routes menant à la côte. Une cellule de crise s'est réunie à l'hôtel de ville de Paimpol sous l'autorité du préfet de région...*

Parlons-en, Monseigneur, de ces « rafales d'arme automatique ». Il s'agissait d'un de vos deux vieux fusils-mitrailleurs 24/29 à chargeurs de vingt-quatre cartouches. Cette arme lente et périmée est cependant équipée d'un dispositif de visée aérienne rudimentaire mais suffisant pour que son servant, s'il le souhaite, ait toutes les chances... de manquer sa cible. C'est exactement ce qui s'est passé. Vous n'avez pas l'intention de tuer, de provoquer vous-même l'irrémédiable, mais seulement d'en donner l'illusion. Vos vingt garçons savent ce qu'ils font. La seule crainte que vous ayez et qui pourrait réduire à néant votre plan, c'est qu'en face on ne s'aperçoive trop tôt que si vos tirs sont aussi maladroits, ce n'est pas par inexpérience ou subterfuge, comme vous cherchez à le faire croire, mais par volonté délibérée. Pari dangereux. Pari tenu...

En attendant, la situation se développe telle que vous l'avez imaginée. Surgis du large à la crête des vagues avec leur sillage de tonnerre roulant, deux Superétendards de l'Aéronavale ont effectué plusieurs passages en rase-mottes au-dessus de votre royaume. Démonstration de force, intimidation, la République ne plaisante pas. Ensuite un petit avion gris, très haut, a tracé des cercles dans le ciel. Celui-là prenait des photos. Vous avez tiré quelques rafales, pour la forme. Debout près de la vieille croix, au point culminant de l'île, observant la côte à la jumelle, ce que vous voyez vous satisfait. Le bourg de Pors-Even grouille de gendarmes avec du gros matériel, au moins trois chars, et de grands Zodiac tout noirs sur la cale où s'affairent des hommes en noir. Un peu au sud, à la pointe de Guilben qui domine la baie d'une trentaine de mètres, la République a établi son P.C., plusieurs camions hérissés d'antennes, de paraboliques et d'équipements d'optique à grande puissance et vision nocturne. En blanc, vous êtes aisément repérable. Ils ne doivent plus rien ignorer de votre visage.

Ce même visage, rajeuni de quatre ans, fait la une de nombreux journaux. C'est la photo la plus récente qu'aient pu fournir de vous les agences, prise lors d'un mariage princier en 1996, au Luxembourg, où toute la troupe de *La Belle Vie* avait été invitée. Depuis, on ne vous avait plus vu en public. Quant à votre vie privée, un mur de silence la protège. Cette surprenante discrétion intrigue. Elle agace. Elle n'est pas conforme, ni même convenable. Quoi ! Rien, ce qui s'appelle rien dans les magazines ! Qu'est-ce que c'est que ce prince qui déserte les pages de papier glacé et la haute société de ses semblables pour se fondre dans un anonymat suspect ? Nature dissimulatrice, introvertie, orgueilleuse, réactionnaire… La presse tartine et la France vous découvre. Les grandes plumes spécialisées révèlent qu'en effet il semblerait, dans le désordre dynastique français, que vous soyez effectivement le « roi de droit », l'héritier de la couronne si nous étions en monarchie, et Dieu merci ce n'est pas le cas, ajoutent les commentateurs, qu'est-ce que la France ferait d'un prince comme vous, irresponsable, inconséquent, inconsidéré, méprisant les réalités, anachronique et psychopathe emporté par les délires d'un aventurisme funeste et antidémocratique, démonstration exemplaire des dangers de la transmission héréditaire du pouvoir ! Les plumes politiques décortiquent à la loupe les trois lignes de votre communiqué. Comment ? Pas de programme ? Pas de revendications ? S'imaginent-ils qu'un roi pût « revendiquer » quoi que ce soit ou présenter un « programme » comme s'il était soumis à une quelconque élection ? Et pas le moindre appel au peuple… Et de quelle façon interpréter cette extravagante prétention d'établir une « capitale provisoire » ? Vous ne vous en êtes pas expliqué. Est-ce que vous refuseriez de « dialoguer » ? Crime majeur à tartiner. Mais à la fin, que veut ce revenant échappé des oubliettes de l'Histoire ?

Cette question, précisément, chacun la tourne et la retourne, dans l'opinion, au gouvernement. Mais comment vous la poser ? Il n'existe aucun moyen de vous joindre. Pas de radio, pas de portable, pas le moindre site internet. Philippe Pharamond, roi de France, inconnu au village planétaire ! La République hésite. Avant de vous écraser, peut-être faudrait-il au moins vous entendre, ne serait-ce que pour utiliser vos propos contre vous et justifier l'intervention musclée ? La République ne se mouillera pas. Elle jouera la partie par journalistes interposés. On vous en expédie une dizaine, des vrais, des faux, avec des photographes, assis cul à cul sur les boudins d'un Zodiac neutre du Secours en mer arborant le drapeau blanc des parlementaires. Ils arrivent trempés par les embruns. C'est Monclar qui les reçoit, flanqué de six de vos compagnons, leur vieux fusil MAS 36 sous le bras. « Autorisation de débarquer ? » demande l'un d'eux, poliment, louchant sur les fusils pointés. « Pour un seul d'entre vous, répond Monclar. A vous de le désigner. » Un photographe s'enquiert : « On peut prendre des photos ? » Il a déjà un pied sur la grève et s'apprête à y risquer le second. « Tant que vous voudrez, dit Monclar, mais sans débarquer. » Comme l'autre semble passer outre, imité par un deuxième journaliste qui saute à son tour du Zodiac, Monclar tire en l'air, une courte rafale, ses six hommes alignés derrière lui, et dit seulement : « Avertissement. » Le photographe rembarque précipitamment, non sans avoir eu le bon réflexe, clic clac, clic clac. Sa photo fera la une des journaux : Monclar et sa petite troupe, de face, armés, visage découvert, la fleur de lys au bonnet, l'air résolu mais sans nervosité, le mât aux couleurs en arrière-plan où claquent dans le vent de noroît les trois pavillons du roi. La légende seule variera, allant de la perplexité à l'hostilité venimeuse. Mais cette fois-ci, on ne se gausse plus. Le ton est sérieux, presque grave. On ne comprend rien mais on ne plaisante plus.

C'est un certain Paul Lebled qui fut désigné. On aurait pu tomber plus mal. Il ne se permit, en commentaire, qu'un unique qualificatif : « surréaliste ». Pour le reste, il fit honnêtement son métier : questions-réponses. L'entrevue eut lieu sur la grève, à quelques pas du rivage :

Q. – Paul Lebled, de l'agence France-Presse. Puis-je connaître votre nom ?

R. – Monclar, aide de camp de Sa Majesté, commandant en second du détachement royal.

Q. – Qui commande en premier ?

R. – Le lieutenant-général Bohémond.

Q. – Un lieutenant-général ? Vraiment ? Pour combien d'hommes ?

R. – Vingt, en comptant le lieutenant-général et moi.

Q. – Pas plus ?

R. – Pourquoi déguiserais-je la vérité ?

Q. – Vous pourriez au moins bluffer. Vous savez que cette interview sera abondamment commentée et pesée mot après mot.

R. – Précisément, je le sais.

Q. – S'agissant de votre armement, serez-vous aussi franc avec moi ? Si je m'en tiens à ce que je vois, vous avez cinquante ans de retard.

R. – Nous avons cent soixante-huit ans de retard, mais l'armement des derniers chouans a pris le chemin des musées. Nous nous contenterons de celui-là : vingt MAS 36 d'avant-guerre et deux vieux fusils-mitrailleurs encore capables de tirer. C'est tout. C'est beaucoup. Cela suffira.

Q. – Cela suffira pour quoi ?

R. – …

Q. – Sachant que ces informations seront publiées, vous reconnaissez publiquement votre faiblesse. Pourquoi agissez-vous ainsi ? Par orgueil ? Par bravade ?

R. – Aucunement. Nous accomplissons le destin, celui de Sa Majesté, et le nôtre par surcroît. Rien de plus, mais rien de moins.

Q. – Et s'il faut combattre ?

R. – Nous y sommes prêts.

Q. – Voulez-vous signifier par là que si l'on vous attaque par les armes, vous riposterez par les armes ?

R. – Assurément.

Q. – Un combat entre Français ?

R. – Non, monsieur. Un combat entre la République et le roi de France.

Q. – N'est-il pas perdu depuis longtemps ?

R. – Sans doute, mais le compte n'est pas encore soldé. Le roi est toujours le roi, et si exiguë que soit cette île, elle est le royaume de France. Je n'ai rien à ajouter. Notre entrevue est terminée.

Q. – Quelle issue envisagez-vous ? A moins de risquer votre vie, n'est-ce pas le ridicule que vous risquez ?

R. – …

Q. – Et l'opinion qu'on aura de vous ?

R. – … (Haussement d'épaules.)

Q. – Est-ce que tout cela a vraiment un sens ?

R. – Plus de questions, s'il vous plaît.

Q. – Pourrais-je tout de même saluer le… le…

Le journaliste avait hésité. A la fin, il se décida : « Le prince ? »

R. – Le roi ? Sa Majesté ne reçoit personne.

Q. – Un message ?

R. – Aucun message. Faites simplement savoir à qui de droit que si nous avons accepté de vous rencontrer, l'occasion ne sera pas renouvelée. Ni pour la presse ni pour qui que ce soit. Il n'y a rien à négocier. N'est-ce pas ainsi qu'on s'exprime, chez vous ? Je vous reconduis à votre bateau.

Le journaliste Lebled a regagné le Zodiac, qui fonce maintenant vers Pors-Even. Ce que vous ignorez, Monseigneur, c'est qu'un mot lui est venu : « Des cinglés ! » Mais il se tait. Il sait que ce n'est pas le mot qui convient. Il contemple en silence l'île qui s'éloigne et l'oriflamme aux fleurs de lys qui rapetisse dans le ciel, bleu sur bleu, car il fait beau. D'où lui arrive cette soudaine sympathie, cette émotion irraisonnée qu'il éprouve ? De quelle face cachée de sa jeunesse ? Au préfet de région qui lui demande, seul à seul, de préciser ses impressions, pour l'aider à se former un jugement, il répond : « Je n'en ai pas. Je ne veux pas en avoir. »

A présent, la nuit va tomber. Sur la pointe de Guilben, d'énormes projecteurs s'allument, qui fouillent la passe entre Saint-Trec et le continent. Les radars tournent. Une vedette de la gendarmerie, ses feux de position allumés, patrouille au large de l'île. Les routes qui conduisent à la côte sont interdites, sauf aux riverains. Les identités sont contrôlées. Qui craint-on ? Des sympathisants ? A Pors-Even, la gendarmerie mobile campe dans ses camions. Le préfet de région a été convoqué à Paris. Au ministère de l'Intérieur, place Beauvau, de nombreux bureaux restent éclairés. Éclairé aussi, illuminé par un de vos projecteurs à piles, le mât de pavillons de Saint-Trec, au sommet de son rocher. C'est un luxe que vous vous offrez (que je vous offre), Monseigneur. Monclar a placé des sentinelles qui prennent le quart, comme sur un bateau, scrutant le rivage, sous la lune, au cas où les célèbres gendarmes-grenouilles se pointeraient, émergeant des flots tout en noir pour défendre la République, ainsi que des phoques armés. Mais les phoques éclusent des bières au *Café du Port* de Pors-Even. L'ordre est de ne pas intervenir pour le moment…

A propos de Monclar, Monseigneur, saviez-vous qu'il sortait de Saint-Cyr mais qu'il n'y a pas fait de vieux os ? C'est une histoire significative que la presse n'a pas loupée. Sa photo à peine publiée – celle où il fait face au Zodiac de la presse –, les fouineurs d'archives ont creusé. On a vite retrouvé son dossier : Saint-Cyr, promotion 1998. L'affaire avait fait quelque bruit dans le landerneau militaire. A sa sortie de Saint-Cyr, le jour où les sous-lieutenants frais émoulus choisissent par ordre de classement l'arme à laquelle ils souhaitent appartenir, quand le jeune Monclar avait appris que le major de sa promotion ainsi que six des dix premiers optaient pour la gendarmerie, il avait piqué un coup de sang, déclarant que si c'était là, aux lisières de la police et du maintien de l'ordre, du judiciaire et des contrôles radar, de la paperasserie et des prévenus menottés, que les futures élites de l'armée française engageaient désormais leur destin, il n'en avait plus rien à foutre ! Bien que sorti dans un bon rang, il avait flanqué sa démission et remboursé ses frais d'études. Rien ni personne n'avait pu l'arrêter. Son geste ne servit d'ailleurs à rien : en 1999, quinze places de gendarme étaient à pourvoir à la sortie de Saint-Cyr et, parmi les vingt-quatre premiers, quinze jeunes saint-cyriens s'y ruèrent, en casoar et gants blancs ! Du jamais vu. On les interrogea sur leur choix. Il était question de logement, de plan de carrière, de valorisation : un capitaine de gendarmerie, expliquaient-ils ingénument, a pour interlocuteur « privilégié » le sous-préfet de l'arrondissement, ce qui représente tout de même autre chose que de commander sur le terrain une obscure compagnie de paras qui n'est même pas fichue de vous offrir une voiture de fonction, un brigadier chauffeur et un F4 sécurisé. Le nouveau snobisme de la gendarmerie... Toujours est-il que le dossier Monclar, abondamment commenté dans la presse du lendemain, fut apprécié comme il convient, à l'heure du café casse-croûte, dans les camions et les command-cars de la gendarmerie mobile cantonnée à Pors-Even. A la question fondamentale : « Pourquoi nous combattons ? », au moins tenaient-ils, ce matin-là, un élément motivant de réponse...

Le jour se lève, 30 avril de l'an 2000. Marée haute, vent modéré. Une jolie lumière éclaire la côte et le chenal passe du vert au bleu. Vous avez dormi comme un enfant, quatre heures seulement, mais vous êtes reposé. Vous vous êtes lavé à l'eau du puits. Vous vous êtes rasé et vous avez ri avec vos compagnons en vous passant le blaireau et le savon. Assis sur un rocher, au soleil, vous avez bu votre café. Vous avez étalé du beurre salé sur votre pain. A la chapelle, vous avez prié. Vous avez récité les laudes, l'office du matin, comme un moine. Vous êtes en paix avec vous-même. Au tribunal de la République, si le destin vous y conduit, cela vous sera reproché. Après quoi vous avez dit : « Et maintenant, si on faisait le tour du pré carré... » Le roi Baudouin IV de Jérusalem, chevauchant dans la plaine de la Bekaa pour observer les avant-postes de Saladin, ne comptait pas autour de lui plus de chevaliers que ceux qui vous ont suivi jusqu'ici. Le roi Baudouin n'avait pas vingt ans et ceux qui l'escortaient guère plus. Je me demande si vous y avez pensé. L'ambiance ne devait pas être très différente. Une camaraderie de bon aloi et la sérénité des certitudes. Avec Monclar, avec Bohémond, avec tous ceux qui n'étaient pas de garde, vous avez marché. Un sentier courait tout autour de l'île, longeant les plages et se faufilant de rocher en rocher. La lande commençait à vivre, les bruyères mauve et bleu, les ajoncs dorés. C'était un royaume magnifique, que la mer, à l'est et au nord, prolongeait à perte de vue. C'est de l'ouest, de la côte, qu'est venue la menace, une forme grise assez longue et basse qui s'approche rapidement, son étrave soulevant des gerbes d'eau. Brest a dû envoyer des renforts, un patrouilleur moderne sans hublots, mitrailleuses couplées, à bouclier, à l'avant et à l'arrière, tubes lance-missiles. On distingue parfaitement, à la jumelle, sur l'aileron de la passerelle, officiers et hommes de quart casqués, harnachés du gilet pare-balles ; gendarmerie maritime. « Et s'il se plantait sur un rocher ? » remarque Monclar, intéressé. Il ne se plante pas. Il évolue à toute vitesse entre les bouées du chenal. Les deux vieux fusils-mitrailleurs du détachement royal grincent lamentablement sur leurs bipieds que déplacent les soldats du roi pour rectifier l'azimut de visée. Ce patrouilleur est un navire de guerre. Est-ce que la guerre est déclarée ? Pas encore. Pour l'instant il se contente de gueuler. Il gueule dans le vent et le soleil de toute la force de ses décibels crachés par ses haut-parleurs de pont braqués en direction de l'île :

« Ordre vous est donné... au nom du préfet de région représentant l'autorité de l'État... de remettre toutes vos armes aux unités de débarquement de la gendarmerie nationale... et de vous constituer prisonniers... afin d'être déférés à la justice selon la loi républicaine... La loi vous confère des droits. Ils seront préservés... Les responsabilités de chacun de vous devront être précisées... Vos vies seront sauvegardées, à condition de vous abstenir de tout acte de résistance... Vous tenez votre sort entre vos mains... Si vous nous avez compris et si vous acceptez nos conditions, amenez vos pavillons et rassemblez-vous sans armes sur la plage... Amenez vos pavillons et rassemblez-vous sans armes sur la plage. Ceci est un ultimatum qui expire ce jour, à dix-sept heures... Nos conditions ne sont pas négociables. Amenez vos pavillons... L'ultimatum expire à dix-sept heures. »

Comme un chien qui court en tous sens et aboie, le patrouilleur remonte et descend le chenal en hurlant les mêmes mots dix fois répétés. Le vent les fait tournoyer, les disperse, les rassemble. Des vols de sternes apeurées les accompagnent en cortège dans le ciel. Monclar les a notés un par un. Il en présente le texte complet au roi. Votre tour est venu, Monseigneur. Que décidez-vous ?

« Monsieur le lieutenant-général, dites-vous à l'intention de Bohémond (sur quel ton ? entre gravité et gaieté, entre désinvolture et détermination, entre rêve et réalité, tant de nuances, tant de subtilités...), répondez-leur à notre façon. »

Les serveurs des deux pétoires à répétition s'appliquent. Un chapelet de petites gerbes d'eau court au ras du navire gris. En pointillé sur la coque, des morceaux de peinture s'envolent en produisant un bruit métallique. Le patrouilleur fait demi-tour. Message envoyé. Message reçu. La partie est engagée.

DES avions sont passés en rafale, survolant l'île au ras des rochers. Ils sont revenus plusieurs fois au cours de la journée. Semblables à d'énormes corbeaux, cinq funèbres hélicoptères noirs, se tenant à distance, tracent de larges cercles autour du royaume. A quatre heures de l'après-midi, le patrouilleur a réapparu. Il a répété son message : « … L'ultimatum expire dans une heure… Rassemblez-vous sans armes sur la plage, les mains à la nuque… Amenez vos pavillons… Amenez vos pavillons. » A Pors-Even, une noria de Zodiac chargés de gendarmes casqués fait la navette entre la cale et trois barges blindées de débarquement. A la jumelle, vous pouvez les compter : le même rapport de forces qu'au combat du Chêne. Le Gouvernement a décidé d'en finir vite avant d'avoir sur le dos les médias internationaux. Vingt équipes de télévision piétinent déjà devant les barrages. Qui sait ce qui pourrait en sortir ? Un roi de France défie la République, etc. Passé les vertueuses indignations du début, certains pourraient même trouver ça divertissant. C'est pourquoi il n'attendra pas une heure de plus. En engageant des moyens disproportionnés, il mise sur l'intimidation. Il juge que votre démonstration faite, dès que le premier gendarme foulera de ses pieds le sol de l'île, vous déposerez les armes bien gentiment. Ensuite on fera traîner l'instruction, et les vacances d'été, par là-dessus, étendront le sable de l'indifférence. Ce gouvernement de fonctionnaires est incapable de se mettre à votre place. Comme on dirait dans le jargon, ses schémas de pensée ne sont pas les vôtres. L'exercice de la démocratie sous la République française de fin de siècle n'est pas une école de transcendance. Qui pourrait seulement concevoir, parmi ces apparatchiks satisfaits, qu'il vous reste à sacraliser votre geste et qu'il n'existe pas trente-six façons d'y arriver.

Quelqu'un doute, cependant : le général de gendarmerie commandant l'opération. De son observatoire de la pointe de Guilben, les yeux rivés aux oculaires de sa puissante jumelle d'artillerie, il ne vous quitte pas une seconde. Vous avez repris votre place au sommet du plus haut rocher de l'île, là où se dresse la croix de pierre que plantèrent saint Trec et ses moines irlandais. Il suffit au général de déplacer l'aiguille d'un cadran pour scruter votre visage en gros plan. Il cherche à vous deviner. Il trouve que vous avez l'air heureux. Cela le surprend. Pour sa part, il n'éprouve aucun état d'âme. Il n'a pas de comptes à régler. Il fait simplement son boulot : boucler l'affaire en essayant d'épargner des vies. Cinq minutes devraient suffire. Il fait confiance à l'effet de masse. On fera beaucoup de bruit. On doublera le débarquement par des commandos héliportés... Il tient votre regard dans le sien, mais à un mille de distance. Une question lui revient sans cesse. Et si l'on se trompait sur votre compte ? Et si le terme que vous avez fixé n'était pas celui qu'on croyait ? Il vous regarde intensément. Il n'arrive plus à vous imaginer marchant les mains en l'air vers le rivage...

Seize heures cinquante, H moins dix. Les trois barges blindées ont quitté Pors-Even et se faufilent à travers le chenal. Le patrouilleur joue les chiens de garde. Il montre ses crocs. Ses mitrailleuses jumelées pivotent, braquées en direction des rochers où se cachent vos compagnons, repérés depuis longtemps. Les hélicoptères noirs ont rétréci leur cercle, regroupés à basse altitude non loin de la côte est de l'île. La plage est située sur la côte ouest. Manœuvrant en ligne de front, les trois embarcations d'assaut s'y dirigent à toute allure en traçant des sillages parallèles.

H moins une. Cette fois c'est le mât aux couleurs que le général observe. Le bleu du roi, le blanc du royaume et le tricolore français y battent énergiquement dans le vent. Le général de gendarmerie ne peut s'empêcher d'apprécier. A vingt ans, il avait l'âme épique, et puis la vie est passée. On ne voit personne. Nul mouvement ne se dessine qui pourrait laisser envisager le repli de ces trois drapeaux. Le général consulte sa montre. Avec un petit pincement au cœur, il constate qu'il ne reste plus que quinze secondes. Il se surprend à penser : « A la grâce de Dieu, Monseigneur. » La grâce lui est refusée.

H zéro. Les pavillons flottent toujours. Le général empoigne son micro : « Action confirmée. » Il avait ordonné : beaucoup de bruit. Vous allez être servi, Monseigneur. Le patrouilleur crache le feu. Vous n'avez pas quitté votre rocher. Des rafales passent en sifflant au-dessus de votre tête. Dévalant les rampes de débarquement qui ont basculé avec fracas, les gendarmes se ruent sur la plage, arrosant le sable de leurs fusils d'assaut. Dans un vacarme de pales et de moteurs, c'est au tour des hélicoptères de larguer leurs commandos qui vont vous prendre en tenaille, sur la côte opposée de l'île. Puis les tirs cessent. Le saint-cyrien Monclar a compris : « Ils ont visé trop haut, ou trop bas. Exprès. Ils s'imaginent que ça suffira… » Allez-vous jouer ce jeu-là, Monseigneur ? Déjà, les pelotons débarqués se déploient et ont atteint les premiers rochers. Un de vos garçons vient rendre compte : « Nous avons deux blessés graves au poste nord. » Balle perdue ? Ricochet ? Tireur maladroit ? Erreur due au feu de l'action ? Zèle de gendarme exagérément motivé ? On n'en saura jamais rien, mais le sang des vôtres a coulé. Vous n'avez plus que quelques secondes pour décider. Est-ce bien là ce que vous souhaitiez ? Que représentez-vous, en ce monde ? Une goutte d'eau ? Un roi du néant ? Vous direz : « Ils l'ont voulu. Dieu me pardonne… »

Bohémond crie : « Feu partout ! » Monclar reprend : « Feu partout ! »

A la pointe de Guilben, dans le camion de commandement, retentit la voix du chef d'escadrons, sur la plage : « Ils nous tirent dessus, mon général ! J'ai déjà trois types par terre. » Comme des parasites lointains, les rafales des deux vieux F.M. crépitent dans le haut-parleur. A voix basse et pour lui-même, le général dit : « Puisqu'il le faut... » et à voix haute : « Donnez l'assaut et ne traînez pas. Avec les commandos dans leur dos, vous n'en avez pas pour deux minutes. » Les crépitements s'intensifient, mêlés d'acclamations que la distance étouffe et qui semblent venir d'une autre planète : « Vive le Roi ! »

Le général hausse tristement les épaules.

Abandonnons la fiction, Monseigneur.

Il me déplairait que ceux qui me lisent croient que j'ai cédé complaisamment à ce qu'on nomme au théâtre « une scène à faire ». Je ne veux pas tuer le roi que je me suis imaginé, ni aucun des compagnons que j'ai placés à ses côtés. Et cependant, quand le roi de France, autrefois, éperonnait son cheval et se lançait dans la bataille, la cotte d'armes bleue à fleurs de lys recouvrant son vêtement de fer afin qu'il fût connu de tous que le roi combattait en personne, les chevaliers, autour de lui, étaient prêts à se faire tuer pour le protéger. Le roi était là. Il risquait sa vie. Ses sujets la risquaient pour lui. Ainsi le voulait le lien féodal d'où naquit notre pays. C'était aux premiers temps du royaume, quand le roi guerroyait pour son pré carré. Et voilà que précisément, Monseigneur, vous êtes revenu à ce point de départ. A cette seule et poignante différence que l'avant-garde capétienne qui ouvrait la route de l'Histoire à quarante rois s'est muée, le temps d'un millénaire, en une arrière-garde perdue combattant aux confins du royaume inaccessible.

S'il fallait absolument clore ce récit, on pourrait choisir des versions différentes. Reddition des survivants dans l'honneur, et procès, au cours duquel, naturellement, vous-même et vos compagnons vous vous enfermerez dans le silence. Ou bien résistance désespérée, jusqu'au dernier. Ce n'est pas une scène que j'ai envie de décrire. Ou encore la fuite miraculeuse du roi, à la nuit (car vous avez tenu jusque-là), sur votre dernier Zodiac qui a rejoint, à des milles au large, hors des eaux territoriales, la fidèle goélette *Sainte-Mary-du-Minch.* Votre pavillon flotte à nouveau sur XY House, dans les Highlands maritimes. Le gouvernement régional écossais a refusé votre extradition. C'est une conclusion qui me plairait, une porte entrouverte qui laisserait passer un peu d'air frais. Le roi au-delà de la mer… Je saurais à qui lever mon verre…

Peu importe tout cela, Monseigneur, puisque vous n'existez pas. Il m'arrive d'imaginer que vous reposez dans la sixième tombe de la crypte obscure de Saint-Denis. Six tombes y sont alignées deux par deux. La première est celle du roi Louis XVI. La seconde, à son côté, celle de Marie-Antoinette. Puis le roi Louis XVIII et le roi Louis VII, croisé de la deuxième croisade, dont on était allé quérir les restes à l'abbaye de Barbeau, près de Melun. Enfin la cinquième, où gît la reine Louise de Lorraine, épouse du roi assassiné Henri III. La sixième ne porte aucune inscription. Il s'en dégage une impression de mystère. Elle représente une énigme. On se demande pourquoi elle est là ? Et qui elle attend ?

Car cette sixième tombe royale est vide.

Elle nous contient tous, inconsolables.

Un mot encore, Monseigneur.

On pourrait croire, à me lire, que vous représentiez le passé. N'est-ce pas l'avenir, au contraire, que vous annoncez ? Face au nouvel « ordre » mondial qui s'avance, le devoir d'insurrection…

Du même auteur

Albin Michel

MOI, ANTOINE DE TOUNENS, ROI DE PATAGONIE
Grand Prix du roman de l'Académie française 1981
LES YEUX D'IRÈNE
L'ANNEAU DU PÊCHEUR
Prix Prince Pierre de Monaco 1996
Prix des Maisons de la Presse 1996
HURRAH ZARA !
Prix Audiberti 1999

Robert Laffont

SEPT CAVALIERS...
L'ÎLE BLEUE
QUI SE SOUVIENT DES HOMMES...
Prix Chateaubriand 1986
Livre-Inter 1987
PÊCHEUR DE LUNES
LE CAMP DES SAINTS
LE JEU DU ROI
SEPTENTRION
LES HUSSARDS
LE TAM-TAM DE JONATHAN
SECOUONS LE COCOTIER

Bernard de Fallois

SIRE
Grand Prix du roman de la Ville de Paris 1992

Mercure de France

LE PRÉSIDENT

Flammarion

LES PEAUX-ROUGES AUJOURD'HUI

Solar

VIVE VENISE
(en collaboration avec Aliette Raspail)

Cet ouvrage composé
par I.G.S. – Charente Photogravure
à L'Isle-d'Espagnac,
a été achevé d'imprimer sur Roto-Page
par l'Imprimerie Floch à Mayenne,
pour les Éditions Albin Michel
en janvier 2000.